睡美人

川端康成

眠れる美女

劉子倩——譯

目次

睡美人

之一

請不要無聊地惡作劇，也不可以把手指放進沉睡的女孩嘴裡喔。旅館的女人這麼提醒江口老人。

二樓就只有兩個房間，分別是江口正在和女人說話的四坪房間及鄰室——那想必是臥室，乍看之下狹小的樓下似乎也沒有客廳，算不上是旅館。沒掛出旅館的招牌。況且以這戶人家的祕密，恐怕也不適合掛那種東西。屋內悄然無聲。除了在上鎖的門口迎接江口老人進來、現在還在講話的女人之外，沒看到別的人影，初次造訪的江口，不確定女人是這家的主人還是傭人。總之客人似乎還是不要多問比較好。

女人年約四十幾歲，身材矮小，聲音很年輕，講話似乎刻意放慢語速。薄唇翕動時幾乎沒張開嘴，也很少正視對方。黑幽幽的眼珠不僅帶著令對方放鬆戒心的神色，女人自己也有種看似沒什麼戒心的世故沉穩。放在桐木火盆上的鐵壺水燒開了，女人用那滾水泡茶，但是茶葉的品質和泡茶的火候，就這樣的場所和場合而言，著實出人意料地高雅，也令江口老人身心放鬆。壁龕掛著川合玉堂[1]的作品——肯定是複製品，畫的是滿山火紅楓葉的山村風景。這個四坪房間沒有任何不尋常的跡象。

「您可別試圖叫醒女孩喔。反正就算再怎麼叫她，她也絕對不會醒……女孩睡得很沉，什麼都不知道。」女人再三強調。「她一直在睡，從頭到尾都不知情。也不會知道自己是和誰睡……這點請放心。」

江口老人萌生種種疑問，但他沒有說出口。

「那是個漂亮的女孩喔。我們也只招待可以安心的客人……」

江口沒有撇開臉迴避視線，只是垂眼看錶。

「幾點了？」

「差一刻十一點。」

「已經這麼晚了啊。老年人好像都是早睡早起，您隨時可以就寢了……」

女人說著起身，打開通往隔壁房間那扇門的鎖。或許是左撇子，她用的是左手。江口也跟著開鎖的女人屏息。女人只把腦袋伸向門內，窺探室內的情況。她顯然已習慣這樣窺探隔壁的房間，雖然她的背影平平無奇，在江口看來卻有點怪異。腰帶背後打的結有怪異的大鳥圖案。不知是什麼鳥。如此裝飾化的鳥怎麼會配上寫實風格的眼睛和腳？當然，那不是什麼陰森詭異的鳥，只是圖案本身很拙劣，但這種情況下的女人背影，如果硬要找出詭異之處，就是這隻鳥。腰帶的底色是幾近白色的淺黃。隔壁房間似乎光線昏暗。

女人又把門關上後，沒有上鎖，將那把鑰匙放在江口面前的桌上。神情也不像是檢查過隔壁房間，說話態度還是一樣。

「這是房間鑰匙，請好好休息。如果睡不著，枕邊備有安眠藥。」

「沒有洋酒之類的？」

1 川合玉堂（1873-1957），近代日本畫巨匠，其創作以花鳥、山水為主，對近代日本畫有很大影響。

「對。我們不提供酒類。」

「喝點睡前酒也不行啊。」

「是的。」

「女孩子在隔壁房間？」

「她已經睡得很熟，恭候大駕。」

「是嗎？」江口有點驚訝。那個女孩是什麼時候進到隔壁房間的？又是什麼時候睡下的？剛才女人拉開門縫窺視，就是在確認女孩是否熟睡嗎？雖然早已從熟悉這家的老夥伴那裡聽說，女孩是熟睡等候而且不會醒來云云，但江口實際來到這裡之後，反而有點難以置信。

「您要在這裡換衣服嗎？」女人似乎打算幫忙。江口沉默。

「有浪濤聲呢。還有風……」

「是濤聲嗎？」

「晚安。」女人說畢就退下了。

剩下自己一人後，江口老人環視這個毫無問題的四坪房間，目光停留在通往隔壁房間的那扇門。那是三尺寬的杉木木板門。似乎不是當初蓋這棟房子時做的門，而是後來加裝的。這樣留神一看，隔間牆好像也是為了打造「睡美人」的密室，事後才將原本的紙拉門改成牆壁。因為那邊的牆壁顏色雖和其他地方相同，卻顯得比較新。

江口拿起女人留下的鑰匙打量。很簡單的鑰匙。拿起鑰匙就該準備去隔壁房間了，江口卻未起身。剛才女人也提到，濤聲洶湧。聽來猶如海浪拍擊高崖。這間小屋彷彿就矗立在那山崖邊。風聲宣告冬日已近。之所以感到那是冬日已近的聲音，或許只是因為這房子給人的感覺，以及江口老人的心情所致，其實只要有火盆就不會冷。此地本就氣候溫暖。沒有風吹落葉的動靜。江口是深夜來訪，因此不知附近地形，但他聞到海潮的氣息。走進大門後，相較於房子，院子倒是挺寬敞，有很多高大的松樹和楓樹。昏暗的天幕下，黑松的葉子張牙舞爪。這裡以前大概是別墅。

江口用抓著鑰匙的那隻手點燃香菸後，抽了一兩口，還剩一大截就在菸灰缸摁熄，但接著的第二支菸他抽得很慢。比起對微感忐忑的自己產生的自嘲，惱人的空虛感更強。江口平時會喝點洋酒幫助入睡，但他睡得淺，常做惡夢。江口看過一個年紀輕輕便罹癌死去的女歌人創作的和歌，其中一則是寫不眠之夜，那人說「夜晚為我準備的，不外乎蛤蟆、黑犬、溺死者之流」，令江口過目難忘。此刻他又想起那首和歌，想到睡在隔壁房間的，不，是被人弄睡著的，或許就是「溺死者之流」那樣的女孩，不免有點裹足不前。他沒聽說女孩是被什麼給弄睡著的，總之似乎是陷入了不自然的昏睡，比方說或許皮膚像吸了毒那樣暗濁呈現鉛灰色，掛著黑眼圈，肋骨突起，枯瘦如柴。也或許是個肥膩冰冷腫脹的女孩。不，也可能露出紫色的骯髒牙齦，正在輕聲打呼。江口老人六十七年的人生中，當然也有過和女人共度的醜陋夜晚。而且越是那種醜陋的反而越難忘。那不是指容貌的醜陋，而是來自女人不幸人生的扭曲。江口活到這把年紀，不想再增添一樁與女人的醜陋邂逅。來到這裡真要行動時，他不由如是想。但是最醜陋的，大概還是想在被人弄得昏睡不醒的女孩身旁睡一晚的老人吧。江口或許就是為了追求那種老年的極致醜陋，才會來到這裡。

女人剛才提到「可以安心的客人」，來這裡的人似乎都是「可以安心的客人」。指點江口來這裡的也是那樣的老人。是已經喪失男性雄風的老人。那個老人似乎認定江口也已步入同樣的衰老。女人想必早已習慣專門接待這種老人，所以未對江口報以憐憫的眼神，也沒有露出刺探的神色。不過多虧江口老人這些年一直尋歡作樂，雖然還不算是女人說的那種「可以安心的客人」，但他可以克制自己做到那點。全看當時的心情、地點，以及對象。對此他已感到年老的醜陋逼近，距離光顧這家的老人們那種悲慘處境想必也不遠了。自己會來到此地正是那個徵兆。所以江口做夢也沒想過要揭穿老人們在此地的醜陋，或者打破可悲的禁忌。只要不想打破，就可以堅持不打破。這裡或可稱為某種祕密俱樂部，但是身為會員的老人似乎不多，江口並不是來揭發俱樂部的罪惡，也不是來破壞俱樂部的規矩。好奇心不夠強烈，顯然已是衰老的可悲之處。

「也有客人說，來這裡睡覺都做了好夢呢。還有客人說想起了青春時光。」剛才那女人說的話即便浮現腦海，江口老人依然連苦笑也沒流露，一手撐桌起身後，拉開通往隔壁房間的杉木門。

「啊！」

令江口失聲驚呼的，是緋紅的天鵝絨布幔。室內昏暗令那顏色顯得更深，而且布幔前面彷彿有一層微光，就像是走入了幻境。房間四面都垂掛布幔。江口走進的杉木門原本也該被布幔遮住，只見那裡綁住布幔的一角。江口鎖門後，將布幔拉上，俯視沉睡的女孩。不是裝睡，聽起來的確是深沉的鼾聲。女孩意外的美貌，令老人屏息。意外的不僅是女孩的美貌。也因為女孩的年輕。她面朝門口向左側臥只露出臉孔，看不見身體，不過應該還不到二十歲。江口老人的胸腔似乎有另一顆心臟在劇烈跳動。

女孩的右手腕露在被子外面，左手在被窩裡似乎斜著伸長，右手只有大拇指半藏在臉頰下，貼著睡臉放在枕上，指尖帶著沉睡的安詳有點朝內彎，但是彎曲的幅度不大，不至於看不出指根可愛的肉窩。溫熱的血色從手背往指尖越來越深。雪白的小手看起來光滑細嫩。

「睡著了？醒不了？」江口老人彷彿是為了摸那隻手才這麼說，他將那隻手握在掌中，輕輕搖晃一下。他發現女孩還是沒醒。江口握著那隻手，注視女孩的臉龐，思忖這究竟是什麼樣的女孩。眉毛沒有被化妝品糟蹋，合攏的睫毛也很齊。他聞到女孩的髮香。

過了一會他才聽見響亮的濤聲，是因為江口之前的心思都被女孩占據。他心一橫換了衣服。這才發現室內的光源來自上方，抬頭一看，天花板開了兩個採光口，燈光透過那裡的和紙照亮四周。心情其實很緊張的江口故作從容地思索，是緋紅的天鵝絨色澤特別適合這種燈光，還是天鵝絨的色澤會襯托女孩的肌膚美得如夢似幻呢？不過女孩的臉色並沒有映現天鵝絨的色澤。眼睛逐漸適應這房間的亮度後，對於平日習慣關燈睡覺的江口而言有點太亮了，但天花板的燈似乎無法關掉。看也知道這是很高級的羽絨被。

江口害怕驚醒不可能醒來的女孩，靜靜鑽進被窩。女孩似乎不著寸縷。而且女孩對於老人鑽進來的動靜也沒有縮胸或拱腰閃躲的跡象。就算睡得很熟，年輕女子也該產生敏銳的直覺反應，但江口猜想這並非一般正常的睡眠，於是反而伸直身體刻意避免碰觸到女孩的肌膚。女孩的膝蓋微微向前彎曲，因此江口的腿無法伸展。江口不用看也知道，向左側臥的女孩並未採取右膝向前疊放在左膝上的那種防守姿勢，似乎是右膝向後張開，右腿徹底伸長。向左側臥的肩膀角度和腰部的角度好像隨著身體的傾斜逐漸改變。看來女孩的身材不怎麼高。

剛才江口老人握著女孩的手搖晃了一下，在那指尖似乎也有深沉的睡意，江口一放下那隻手，手就直接落在那兒。老人抽開自己的枕頭，女孩的手又從枕頭的邊緣滑落。江口在枕上支肘眺望女孩的手，暗自嘀咕「簡直像活的」。活著這點本就毋庸置疑，但那是帶有深深憐愛之意的嘀咕，在他脫口而出後，那句話仍留下令人悚然的餘韻。一無所知陷入昏睡的女孩，生命的時間就算沒有停止，或許也已喪失，沉落到無底的最深層。世上沒有活的人偶，因此她並非變成活人偶，但她是為了不讓已非男人的老人丟臉才打造出來的活玩具。不，不是玩具，對這些老人而言，她或許就是生命本身。或許是可以如此安心碰觸的生命。在江口的老花眼看來，眼前這女孩的手更顯溫婉柔美。觸感光滑，卻看不見那細膩的紋理。

和越往指尖越紅潤的溫暖血色是同樣顏色的耳垂，映入老人的眼簾。耳朵從秀髮之間露出。耳垂的紅潤也刺痛老人的心口，強調著女孩的清新可人。江口在好奇之下，滿懷猶豫地初次來到這個祕密之家，但是那些比他衰朽的老人，或許是抱著更強烈的歡喜和期盼常來這裡報到。女孩的頭髮順其自然地留得很長。也許是為了讓老人們撫摸才留長的。江口躺到枕上，一邊撩起女孩的頭髮讓她露出耳朵。耳朵後方的頭髮底下很白皙。脖子和肩膀都稚嫩青澀。沒有成年女人的豐腴圓潤。老人撇開眼環視室內。只有自己脫下的衣服放在無蓋的脫衣箱內，沒看到女孩脫下的衣物。也許是被剛才那個女人拿走了，不過也可能是女孩走進這房間時就是光溜溜的，這麼一想，江口不由暗自一驚。女孩任人觀賞。事到如今沒什麼好驚訝的，江口知道女孩就是為此才被人弄得陷入昏睡，但他還是拿棉被蓋住女孩裸露的肩膀，閉上雙眼。女孩的香氣飄散，驀然有嬰兒的氣味撲鼻而來。是那種小奶娃的奶味。比女孩的氣味更香甜濃郁。

「不會吧……」這女孩不可能生了孩子，如今開始漲奶，從乳頭分泌乳汁。江口再次審視女孩的額頭及臉頰，以及從下顎到脖子的清純曲線。光看這些就足以明白，但他還是稍微掀起遮住肩膀的被子窺視。從她乳房的形狀看來顯然不曾哺乳。他輕輕用指尖碰觸乳頭也沒有沾濕。再者，假設這女孩不到二十歲，就算不能用乳臭未乾來形容，身體也不可能還保有嬰兒的奶味。只有女人該有的香氣。可江口老人在這當下，明明聞到了奶娃的味道。是瞬間的幻覺嗎？他很懷疑為何會有那種幻覺卻百思不解，應該是自己內心倏然空虛的瞬間，浮現奶娃的氣息吧。這麼思忖之際，江口陷入隱含傷感的寂寞。與其說是什麼傷感或寂寞，毋寧說是老年凍徹骨髓的淒涼。而且那轉移為對於散發青春溫暖的女孩的憐憫與珍愛。或許是為了排遣突然萌生的可悲罪惡感，老人感到女孩的肉體有音樂響起。音樂洋溢愛情。江口有點想逃走，不禁環視四面牆壁，但四周被天鵝絨布幔包覆，似乎完全找不到出口。在天花板的燈光照耀下，緋紅天鵝絨看似柔軟卻文風不動。封鎖了沉睡的女孩與老人。

「還不醒？還不醒？」江口抓著女孩的肩膀搖晃，繼而把她的頭抬起來，

「醒醒？醒醒？」

是江口內心倏然湧現對女孩的感情，才令他這麼做。女孩沉睡，靜默不語，連老人的長相抑或聲音都毫無知覺，換言之對於當下這種情形，以及此刻面對的江口這個人，女孩通通不知情，這令老人忍無可忍。所以才霎時湧現意

外的衝動。女孩完全不知道他的存在。不過女孩本就不可能清醒，只有睡在老人手上的腦袋重量，被他弄得微微蹙眉後，他感到那就是女孩活著的答覆。江口安靜地停手。

如果這種程度的搖晃就能讓女孩醒來，當初介紹江口老人來這家的木賀老人所說「就像與祕藏佛像共眠」的祕密必然也會破滅。唯有絕不醒來的女人，對於老人們這樣「可以安心的客人」而言，無疑才是能夠安心的誘惑、冒險、享樂。木賀老人甚至對江口說，只有在沉睡的女人身旁時，自己才能夠感受到生命的活力。木賀上次來江口家時，從客廳看到秋天落在院子枯苔上的紅色東西，說道，「那是什麼？」立刻過去拾起。原來是東瀛珊瑚樹的紅色果實。零零星星落了滿地。木賀只撿來一顆，一邊在指間把玩，一邊說出這個祕密之家的事。木賀說無法再忍受衰老的絕望時就會去那裡。

「對所有的女人絕望，似乎已是遙遠的往事了。你知道嗎，有人替我們打造了沉睡不醒的女人。」

陷入沉睡，什麼都不說，什麼都聽不見的女人，對於已經無法像個男人那樣對待女人的老人，或許是可以無話不說、耐心傾聽的對象吧。可是江口老人頭一次碰上這種女人。女孩肯定已經經歷過多次這樣的老人。聽任對方擺布，一切毫不知情，如假死般的昏睡中，神色純真無辜地躺著，發出安詳的鼾聲。或許有些老人曾經愛撫女孩的全身上下，或許有些老人為自己放聲大哭。總之不管怎樣女孩都不可能知道。雖然這麼想，江口還是什麼都做不出來。就連把手從女孩脖子底下抽回來時，他都像是處理易碎品般小心翼翼，同時卻又無法平息想要粗暴叫醒女孩的衝動。

江口老人的手離開女孩脖子底下後，女孩的臉孔緩緩轉動，肩膀也跟著動，變成正面仰臥。江口抽身後退，以為女孩即將醒來。仰面朝上的女孩，鼻子和嘴唇在天花板的燈光下閃耀青春光彩。女孩抬起左手放到嘴上。看似要含住食指，正好奇她還有這種睡覺的癖好，結果她只是將食指輕抵嘴唇。但是嘴唇微啟露出牙齒。本來用鼻子呼吸，改成用嘴巴呼吸，呼吸似乎變得有點急促。江口懷疑女孩是否不舒服。但好像也不是，由於女孩櫻唇微啟，看似臉頰浮現微笑。拍擊高崖的浪濤聲再次逼近江口的耳邊。從海浪退去的聲音聽來，崖下似有巨岩。落到岩後的海水彷彿也跟著一波波遠去。比起女孩用鼻子呼吸時，嘴巴呼吸散發的氣味更明顯。但那不是奶味。老人狐疑地思索剛才為何會驀然聞到奶味，總覺得這女孩同樣散發女人味。

江口老人如今也有滿身奶味的外孫。外孫的模樣浮現腦海。三個女兒都已出嫁，也各自生了孩子，不只是外孫們散發奶味的時候，他也沒忘記自己曾抱過襁褓中的幾個女兒。是那些親人在嬰兒時期的奶味，像在責備江口似地驀然重現嗎？不，那是憐惜沉睡女孩的江口自己心中的氣味吧。他同樣也改為仰臥，小心不碰到女孩就此閉上眼。看來還是服用枕畔的安眠藥比較好。肯定沒有女孩被灌下的藥性那麼強。一定會比女孩提早醒來。否則這裡的祕密和魅力都會瓦解。江口打開枕畔的紙包，裡面有兩顆白色藥丸。只要吃下一顆，就會恍惚如在夢中，吃下兩顆，就會陷入死亡般的沉睡。那又有何不可？江口凝視藥丸之際，關於乳汁的討厭回憶和狂亂的回憶紛紛浮現。

「是奶味。有奶味。是嬰兒的味道。」女人當時正要替江口摺疊脫下的西裝，忽然臉色大變瞪視江口。「是你家的嬰兒吧。你要出門時，抱過嬰兒吧。

是這樣沒錯吧。」

女人的雙手顫抖，「天啊，討厭，真討厭。」她站起來，扔下江口的西服。「真討厭。臨要出門居然還抱嬰兒。」她的聲音固然淒厲，眼神更是可怕。女人是熟識的藝妓。明知江口早有妻小，嬰兒的奶味卻引起女人的強烈厭惡，點燃了妒火。江口和那個藝妓的關係，從此出現裂痕。

藝妓討厭的氣味，是江口從仍是嬰兒的小女兒身上沾到的奶味，不過江口早在婚前就有過情人。當時女孩的父母盯得很緊，偶爾幽會一次不免格外熱情。有一次，江口把臉挪開時，女孩的乳頭周圍已經微微滲血。江口嚇了一跳，但他不動聲色，又溫柔地把臉靠近，把血吞下肚。心神恍惚的女孩，壓根不知有那回事。那是在狂亂的情事之後，因此江口就算說出來，女孩似乎也不痛了。

兩段回憶在此刻浮現也很離奇，因為早已事隔多年。就算有那樣的回憶潛藏，也不可能因此感覺睡在這裡的女孩有奶味。雖說那已是久遠往事，不過仔細想想，人的記憶和回憶或許無法用事情的新舊來斷定真正的遠近。六十年前的童年往事，或許比昨日的事情更鮮明、生動、記憶猶新。老了之後不是尤其如此嗎。此外，童年有時不也塑造了那個人的性格，甚至影響一生。或許微不足道，但是讓他頭一次明白男人的嘴唇幾乎可以讓女體任何地方出血的，就是那個乳頭周圍沾血的女孩，在那個女孩之後，江口反而刻意避免讓女人出血，但是「被那女孩送了一個強化男人一生的禮物」的想法，在六十七歲的今天仍未消失。

還有一樁或許更微不足道的舊事，是江口年輕時，曾聽某大公司的董事夫人——已經步入中年，據說是個賢內助，而且交遊廣闊的夫人說，

「我在晚上睡覺前會閉著眼，細數我不排斥接吻的男人。是真的屈指一一計算。很好玩喔。如果少於十人，那多寂寞啊。」

當時，夫人和江口正在跳華爾滋。夫人突然這樣表白，聽來似乎是覺得江口也是她不排斥接吻的男人之一，於是年輕的江口拉著夫人的手忽然放鬆了。

「只是計算看看而已……」夫人若無其事地撂話，「江口先生年輕力壯想必不會失眠，就算真的睡不著，也只要把老婆拉進懷中就行了，不過偶爾不妨

試試看。有時對我來說是一劑良藥喔。」夫人的聲音毋寧是冷漠平板的，因此江口沒有回答。夫人雖然只說「計算看看」，但他懷疑夫人八成是一邊計算，一邊想像男人的臉孔和身體，計算十個人就得花不少時間，八成也動了春心想入非非吧。江口感到徐娘半老的夫人身上宛如春藥的香水味有點強烈地撲鼻而來。夫人在入睡前，是如何把江口當成不排斥接吻的男人去想像，那純粹是夫人隱密的自由，不關江口的事，也無從干涉，更沒資格抱怨，但自己似乎在不知情的情況下被中年女人在心中玩弄，令他感覺很齷齪。然而他至今忘不了夫人說過的話。事後他不得不懷疑，夫人到底是在不動聲色地挑逗年輕的江口，還是想惡作劇戲弄他，所以捏造故事？事過境遷之後，只有夫人說的話還縈繞腦海。如今那位夫人早已去世，江口老人不再懷疑夫人的話。那位賢慧的夫人在世期間或許幻想過與數百個男人接吻才死去吧。

江口逐漸步入老年後，碰上失眠的夜晚，偶爾想起夫人說的話，也曾屈指計算女人的數目，不只是不排斥接吻這麼簡單，往往最後想起的都是曾經發生過關係的那些女人。今晚也從沉睡的女孩誘發幻覺的奶香味，想起昔日的情人。或許是昔日情人的乳頭血，令他驀然聞到這女孩身上不可能會有的氣息，也或許撫摸著不可能從沉睡中醒來的美女，沉溺於永不復返的舊情人的回憶，就是老人可憐的一點慰藉，不過江口感到的反而是寂寥又帶點溫情的平靜心緒。江口只是悄悄撫摸女孩的乳房有沒有沾濕，之後，並沒有湧現當女孩比他晚一步醒來時，要讓她發現乳頭滲血來嚇唬她的瘋狂念頭。女孩的乳房形狀似乎很美。老人卻忽然冒出奇怪的念頭，思索在所有的動物當中，為何只有女人的乳房形狀歷經漫長歷史後變得如此美麗。女人的乳房變得美麗，或許是人類歷史的光榮。

女人的嘴唇說不定也是如此。江口老人想起睡前化妝的女人和睡前卸妝的女人，也有些女人抹去口紅後唇色蒼白，或者暴露蒼老的濁色。如今睡在身旁的女孩，臉孔在天花板的柔和燈光及四周天鵝絨的照映下，不確定是否化了淡妝，但顯然沒有誇張地把睫毛刷得又挺又翹。嘴唇和唇間露出的貝齒也清純地發亮。嘴巴自然不可能有什麼暗含香料的技巧，只是散發年輕女孩用嘴巴呼吸的氣息。江口不喜歡顏色暗沉的大片乳暈，他悄悄掀開遮住香肩的被子，看，似乎還是小巧的粉紅色。女孩是仰臥，所以也可以貼著胸接吻。他不僅不排斥和女孩接吻，對江口這樣的老年人而言，若能親吻這麼年輕的女孩，就算付出再大的代價也在所不惜，甚至賭上一切都可以，江口猜想來這裡的老人們想必都會陷入狂喜吧。老人之中必然也有貪得無厭的人，那種念頭也不是沒有浮現在江口的腦海。但是沉睡的女孩毫不知情，因此女孩的臉蛋大概一如此刻所見，沒有汙穢也沒有扭曲吧。江口之所以沒有沉淪這種惡魔的醜陋遊戲，就是因為女孩美麗的沉睡。這樣的江口和其他老人的區別，或許就在於江口還保有身為男人的行動力。為了其他的老人，女孩不得不徹底陷入無止境的沉睡。江口老人已經兩次試圖輕輕叫醒女孩了。如果真的不慎讓女孩醒來，連老人都不知道自己打算做什麼，但那應是出於對女孩的愛情吧。不，或許是出於對老人自己的空虛與憂懼。

「睡著了嗎。」老人察覺這是多餘的嘀咕，連忙又補上一句，「這不是永久的沉睡。不管是這女孩，或是我……」一如每晚，這個特別的夜晚，也同樣為了明早能夠活著醒來而閉眼。食指抵唇的女孩彎曲的手肘很礙事。江口握著女孩的手腕拉到腰側。正好碰到女孩手腕的脈搏，於是用食指和中指按住女孩的脈搏。脈搏可愛且規律地跳動。安詳的呼吸，比江口自己的稍微慢一點。每隔一陣子就有風吹過屋頂上，但聽起來已經不像剛才那種冬日接近的聲音。打在高崖的濤聲依然響亮卻變得溫柔，聲音的餘韻彷彿女孩身體奏響的音樂從海中升起，而且除了女孩手腕的脈搏似乎又加上心跳。老人的眼簾內，有雪白的蝴蝶配合音樂翩翩飛舞。江口放開女孩的脈搏。這下子完全沒碰觸女孩了。女孩口腔的氣息、體味、髮香都不算濃烈。

江口老人想起昔日，和那個乳頭周圍滲血的情人繞道北陸[2]私奔至京都的那幾天。如今還能夠如此清晰地回想，或許是因為隱約感受到清純少女的體溫。從北陸開往京都的火車沿路行經許多小隧道。火車每次進隧道時，女孩或許是因為害怕，總是將膝蓋緊貼江口握住手。出了小隧道，只見小山或小海灣出現一道彩虹。

2 北陸，中部地區的日本海沿岸，包括新潟、富山、石川、福井四縣。金澤在石川縣。

看到小小的彩虹就頻呼「哇，好可愛」或「哇，好美」的女孩，幾乎每次一出隧道，就會眼尖地在左邊或右邊發現彩虹，而且彩虹淡得若有似無，因此也開始把多得不可思議的彩虹當成不祥之兆。

「是不是有人追來抓我們了？去京都八成會被抓到。如果被抓回去，下次就出不了家門了。」剛剛大學畢業就職的江口不可能在京都生活，他知道除非殉情自殺，否則遲早得回東京，但是看彩虹這件事，令女孩美麗的私處浮現眼前揮之不去。江口是在金澤的河邊旅館見到的。那是個細雪紛飛的夜晚。年輕的江口為那種美好大受衝擊，甚至屏息落淚。之後的數十年，他不曾再次在女人身上看到那種美好，於是更加明白那有多美，他漸漸覺得那種私處的美就是那女孩的心靈美，即使想一笑置之說聲「怎麼可能」，還是成為帶有憧憬的真實，是老後的現在依然不可動搖的深刻回憶。女孩在京都被家裡派來的人帶回去後，不久就被家裡嫁出去了。

意外在上野的不忍池畔重逢時，女孩正背著嬰兒走路。嬰兒頭戴白色毛線帽。那個季節，不忍池的荷花已乾枯。今夜，在沉睡的女孩身旁，江口的眼底之所以有白蝶飛舞，似乎也是因為嬰兒的那頂白帽。
在不忍池畔重逢時，江口只說出「妳幸福嗎」這種話。「對，我很幸福。」女孩當下回答。除了這麼回答也別無選擇。「妳為什麼在這種地方獨自背著嬰兒走路？」對於這個可笑的問題，女孩只是默默看著江口的臉。
「是男孩還是女孩？」
「討厭，是女孩啦。看不出來？」
「那個嬰兒，該不會是我的孩子吧。」
「哎喲，不是啦，不是。」女孩露出憤怒的眼神搖頭。
「是嗎。如果是我的孩子，不急於現在也沒關係，再過幾十年也無妨，等妳想說的時候，一定要告訴我。」
「不是啦。真的不是。我不會忘記曾經愛過你，但是請你不要連這孩子都那樣懷疑。會給這孩子帶來困擾。」
「是嗎。」江口刻意沒有湊近看嬰兒的臉，但他目送女人的背影許久。女人走了一段路後一度回過頭。發現江口仍在目送，她稍微加快了腳步離去。從此再也沒見過。江口聽說那女人早在十幾年前就死了。對於六十七歲的江口而言，雖然已有許多親朋好友過世，但是關於她的回憶格外年輕。記憶被鎖定在嬰兒的白帽子和女孩私處之美以及乳頭血，至今依然鮮明。那種美無與倫比，想必世上除了江口再無人知，等到江口老人在不久的將來死去後，便會從這世間完全消失。當時女孩雖羞澀卻坦誠地容許江口注視，或許是女孩的天性所致，但她自己肯定不知道那有多美吧。因為女孩看不見。

抵達京都的江口和那女孩曾在清晨走過竹林小徑。竹葉在朝陽照耀下閃爍銀光搖曳不定。老後回想起來，竹葉又薄又軟，宛如銀葉，竹幹也彷彿是白銀打造。竹林一側的田埂上，有薊花和鴨跖草綻放。明明應該不是開花的季節，那樣的小徑卻浮現眼前。走過竹林後，沿著清溪溯源而上，只見瀑布嘩啦落下，在日光中濺起閃爍的水花，水花中站著赤裸的女孩。那種事明明不可能發生，江口老人不知幾時起卻覺得確有其事。老後看到京都一帶的小山上整片柔美的紅松樹幹，有時也會想起關於那女孩的回憶。不過很少像今晚這樣記憶鮮明。大概是受到沉睡女孩的青春誘發。

江口老人越發清醒難以入眠。除了回憶眺望著小彩虹的女孩，他不願想起別的女人。也不想碰觸沉睡的女孩或露骨地打量女孩全身。他翻身趴臥，又打開枕畔的紙包。這家的女人說是安眠藥，卻不知究竟是什麼樣的藥，是否和女孩被灌下的藥一樣，江口遲疑地吃了一顆，用大量的水灌下。或許是因為平時只會喝睡前酒，沒吃過什麼安眠藥，立刻陷入昏睡。之後老人做夢了。他夢見被女人抱住，但那女人有四條腿，用四條腿纏住他。另外還有手臂。江口雖仍保有幾分意識，但他一邊覺得四條腿很怪，卻又不覺得詭異，留下遠比兩條腿強烈的迷亂。他恍惚思忖那顆藥是否會讓人做這種夢。女孩翻身背對他，腰部朝他這邊拱過來。江口見她腦袋移向另一頭不禁心生憐憫，在半夢半醒中，伸指梳理女孩鋪散的長髮就此睡著。

第二次做的夢很討厭。江口夢見女兒在醫院的產房生下畸形兒。是怎樣的畸形，老人醒來後已不復記憶。之所以不記得，大概是因為不想記得。總之是很嚴重的畸形。嬰兒立刻被產婦藏起。但就在產房的白色布簾後，產婦甚且起身走來，將嬰兒切碎。那是為了棄屍。江口的醫生朋友身穿白袍站在一旁。江口也站在旁邊看。這時彷彿夢中受驚，終於徹底清醒了。圍繞四周的緋紅布幔令他吃了一驚。他用雙手蒙面搓揉額頭。怎麼會做這樣的惡夢。這家的安眠藥該不會藏著魔鬼吧？難道是因為自己來此追求畸形享樂，做了畸形享樂的夢之故？江口老人不知他夢見的是三個女兒之中的哪一個，也不願去思考究竟會是哪一個。三人生的都是四肢健全的孩子。

江口如果這時能夠起床離去還真想這麼做。但他為了陷入更深的沉睡，又把枕畔剩下的另一顆安眠藥也吃了。冰涼的水流過食道。沉睡的女孩依然和剛才一樣背對他。想到這女孩將來或許也會生下不知有多笨多醜的孩子，江口老人把手搭在女孩渾圓的肩頭，

「把臉轉過來。」女孩像聽見似的真的轉過身來。出乎意料地把一隻手放到江口的胸膛，彷彿冷得發抖般把腿貼過來。這個熱呼呼的女孩不可能會冷。女孩不知從嘴巴還是鼻子發出低吟。

「妳該不會也做了惡夢吧？」

然而江口老人迅速墜入夢鄉的底層。

之二

江口老人沒想到自己會再次來到「睡美人」之家。至少，之前第一次來過夜時，他壓根沒想過要再來。隔天早上起床離去時也是這麼以為。

江口是在過了半個月之後，打電話去那家詢問今晚能否過去。電話那頭的聲音好像還是那個四十幾歲的女人，電話中聽來更覺得是來自僻靜場所的冰冷低語。

「您說現在要來，大約幾點會抵達呢？」

「這個嘛，大概九點多吧。」

「那麼早沒辦法。對方還沒來，就算來了也還沒睡……」

「……」老人猶在驚訝時，

「我會在十一點之前讓她睡著，屆時歡迎您來，恭候大駕。」女人說話很慢，可是老人的心跳反而加快，「那就到時候見。」他的聲音扁平沙啞。

女孩就算醒著又何妨，我還真想在她睡著之前見一面呢——江口儘管不是太認真，哪怕是半帶調侃，本來也可能說出這種話，可是話卡在喉頭深處就是說不出來。因為那已經觸及那家的祕密禁忌。正因為是詭異的禁忌，更須嚴格遵守。這個禁忌一旦打破，那裡就會變成普通的妓院。老人們可憐的心願和迷夢也會就此消失。聽到對方在電話中說晚間九點太早，女孩還沒有睡，會在十一點之前讓她睡著時，江口的心頭突然因熾熱的魅惑而顫抖，連自己都很意外。是因為不意間被誘往日常現實人生之外的驚訝嗎？那是因為沉睡的女孩絕對不會醒來。

本以為不會再來，卻在半個月後再次造訪，對江口老人而言不知算是太早還是太晚，總之這段時間他並未勉強壓抑什麼誘惑。其實只是不想重複老後醜陋的可悲，況且江口也沒有衰老到像那些老人一樣需要這種地方。不過他在這裡度過的第一晚並未留下醜陋的回憶。即使明顯有罪，但江口甚至覺得，過去的六十七年中，從不曾和女人度過如此清純美好的夜晚。早上醒來後也是。安眠藥似乎很有效，醒得比平時晚，已經八點了。老人的身體完全沒碰到女孩。在女孩青春的溫熱和溫柔的氣息中，他像兒時一樣甜美地醒來。

女孩當時面對他睡著。頭部略微向前，胸部後縮，因此清純修長的脖子在下巴後方出現若有似無的青筋。長髮披散，甚至落在枕頭後方。江口從女孩緊閉的櫻唇移開眼，望著女孩的睫毛和眉毛，堅信她應該還是處女。在江口的老花眼看來，女孩的睫毛和眉毛近得無法根根分明看清楚。老花眼也看不見汗毛，女孩的肌膚柔嫩發亮。從臉部到脖子沒有任何痣。老人忘記半夜的惡夢，只覺得女孩可愛得要命，甚至心頭流淌過一種自己正被這女孩寵愛的幼稚情懷。他摸索女孩的胸部，悄悄納入掌中。那就像江口的母親孕育江口前的乳房，閃現一種不可思議的觸感。老人縮回手，但那種觸感從手臂貫穿肩頭。

之後響起隔壁房間紙門拉開的聲音。

「您醒了嗎？」這家的女人喊道。「早餐已經準備好了……」

「好。」江口不禁配合地回答。遮雨窗的縫隙透入晨光，照亮天鵝絨布幔。可是室內除了天花板昏暗的燈光並沒有晨光加入。

「可以盥洗更衣了吧。」女人催促。

「好。」

江口屈起一隻手肘鑽出被窩，另一隻手輕撫女孩的頭髮。

老人知道，這裡會在女孩醒來之前先叫醒客人，但女人從容不迫地伺候他用早餐。不知要讓女孩睡到什麼時候。但是江口猜想不能問多餘的問題，因此若無其事說，

「那女孩很可愛。」

「是。您做了美夢嗎？」

「的確讓我做了好夢。」

「今早風平浪靜，或許堪稱是小陽春的天氣吧。」女人轉移話題。

如今在相隔半個月後再次來訪的江口老人，比起初次登門時的好奇心，心虛、羞恥，卻又誘人心癢的感覺增強了。被迫從九點等到十一點的焦躁，更轉為迷亂的誘惑。

打開門鎖迎接他入內的，還是上次那個女人。壁龕也掛著同樣的複製畫，

煎茶的味道也和上次一樣好。江口比初來的那晚更忐忑，卻還是像熟客那樣坐著。他轉頭看向滿山紅葉的山村圖，不禁脫口說道，

「這一帶氣候溫暖，楓葉還沒完全變紅就枯萎了吧。可惜院子太暗看不清楚……」

「會嗎？」女人敷衍地回答，「天氣變冷了呢。我放了電毯，不過是雙人用的，有兩個開關，您可以按照自己喜歡的溫度調整。」

「我沒用過什麼電毯。」

「如果不喜歡，把您那邊的電源關掉也沒關係，不過女孩子那邊的恐怕還是得開著……」

老人也知道這是因為女孩身上一絲不掛。

「一條毯子，就能讓兩人各自調整到喜歡的溫度，真是有趣的設計。」

「那可是美國貨……不過，您千萬別唱反調，故意把女孩那邊的電源關掉喔。您應該也知道，就算變得再怎麼冷她也不會醒。」

「……」

「今晚的女孩比上次那個女孩老練。」

「啥？」

「這次也是漂亮的女孩。知道您不會做壞事，所以當然得替您挑個標緻的女孩……」

「和上次的女孩不同？」

「是的，今晚的女孩不同……換個對象應該也不錯吧？」

「我可沒那麼花心。」

「花心……？您又沒做什麼足以稱為花心的行為。」女人徐緩的說話方式似乎隱含輕蔑的淺笑。「這裡的客人都不會做那種事。來的都是可以安心的客人。」薄唇女人不看老人的臉。江口羞愧得幾乎發抖，但他不知該說什麼才好。對方不就只是個冷血且世故精明的老太婆嗎。

「況且，即使您覺得是花心，女孩沉睡不醒，根本不知道與誰共眠。上次那女孩和今晚的女孩，始終都完全不認識您，所以那和所謂的花心恐怕有點不同……」

「原來如此。這不是正常的人際交往對吧。」

「怎麼會。」

已經不算是男人的老人和被人弄睡的女孩的關係，在來到這裡後還說什麼不是「正常的人際交往」實在可笑。

「花心又有何不可。」女人異樣年輕的聲音像要勸慰老人似地笑了。「如果您真的那麼中意上次那個女孩，下次再來時我會讓她睡著，不過事後您一定會說還是今晚這個女孩好。」

「會嗎？妳說她很老練，是怎樣的老練？不都是一直睡覺嗎？」

「這個嘛……」

女人起身，打開隔壁房間的門鎖，朝裡面探頭看了一下之後，把鑰匙放到江口老人的面前，「請好好休息。」

被獨自留下的江口將鐵壺的開水注入小茶壺，慢慢地喝煎茶。他自認從容不迫，茶杯卻在抖動。跟年齡無關，哼，我未必是個可以安心的客人喔。他如此喃喃自語。為了替那些來到這裡遭受侮蔑之辱的老人復仇，不如打破這家的禁忌吧！那樣對女孩而言或許也是更人性化的關係。他不知道女孩被灌下藥效多強的安眠藥，但自己應該還有男人的野性足以令她醒來。然而江口老人雖然這麼想，心情卻激昂不起來。

渴望來這裡的可憐老人們那種醜陋的衰頹，也將在幾年之後逼近江口。對於性愛難以估量的廣闊，深不可測的深奧，江口在過去這六十七年究竟接觸到幾分？更何況在老人們的周遭，還有女人嶄新的肌膚、青春的肌膚、美麗的女孩源源不絕地誕生。這個祕密之家的罪惡，或許蘊藏著可悲的老人們對於無法實現的夢想的憧憬，以及未能抓住便已失去的歲月的悔恨吧。江口之前就在想，始終沉睡不醒的女孩，或許對老人們來說才是沒有年齡的自由。沉睡無言的女孩想必可以讓老人們盡情肆意地發話。

江口起身打開隔壁的房門，頓時已有溫暖的氣息撲面而來。他莞爾。自己到底在遲疑什麼。女孩露出雙手的指尖放在被子上。指甲染成桃紅色。口紅濃豔。女孩仰面而臥。

「很老練嗎。」江口咕噥著走近一看，不只是因為塗了腮紅，毯子的溫暖也讓她臉色紅潤。香氣濃郁。上眼皮隆起，臉頰也很豐潤。脖子白皙，幾乎映現天鵝絨布簾的緋紅色。從女孩閉眼的模樣看來，簡直像年輕的妖女在睡覺。江口站在遠處背對她換衣服之際，也被女孩溫暖的氣息籠罩。那股氣息洋溢室內。

江口老人無法像對待上次那個女孩那樣含蓄。不管是睡是醒，這個女孩都在主動誘惑男人。甚至讓江口覺得，就算打破了這家的禁忌也是女孩造成的。江口就像要享受之後的歡愉般閉上眼靜止不動，光是這樣就已從身體最深處湧現溫暖令他煥然回春。記得旅館的女人曾說今晚的女孩更好，虧她能夠找到這樣的女孩，老人越發覺得這家旅館有問題。他實在捨不得碰女孩，在氣味中沉醉不已。江口對香水不熟悉，但他覺得那必然是女孩本身的氣味。若能這樣進入甜美的沉睡，還有什麼比這更幸福。他甚至恨不得如此。老人靜靜挪身試圖更靠近女孩。女孩像要做出回應似地溫婉轉身把手放進被窩，伸長手臂彷彿要擁抱江口。

「啊？妳醒了？妳醒了嗎？」江口縮身，搖晃女孩的下巴。搖晃下巴時，江口的指尖或許太用力，女孩把臉埋到枕頭試圖避開，嘴角略開，於是江口食指的指尖碰到女孩的一兩顆牙齒。江口沒有收回手，靜止不動。女孩也沒動唇。她當然不是裝睡，是真的陷入沉睡。

江口之前沒想到今晚的女孩會和上次不同，所以忍不住向旅館的女人抱怨了兩句，但是不用想也知道，如果女孩每晚都這樣被藥物弄得昏睡，應該會搞壞身體。讓江口這些老人「花心」，似乎也是為了女孩們的健康著想。不過這房子的二樓好像只能接待一位客人。樓下是怎樣江口不清楚，但就算有房間給客人使用，頂多也只有一間吧。由此可見在這裡為老人沉睡的女孩應該不多。那幾人，包括江口第一晚見到的女孩和今晚的女孩，想必都是這樣各有美妙之處的女孩。

江口的手指碰到女孩的牙齒，似乎有點黏液沾濕手指。老人的食指摸索女孩的整排貝齒，最後到達唇間。這樣反覆來回了兩三次。女孩嘴唇的外皮有點乾燥，卻因內部的濕意變得滑潤。右邊有一顆小虎牙。江口又用上大拇指捏住那顆虎牙。接著他試圖將手指伸進牙齒深處，但女孩即使在沉睡中也將上下兩排的牙齒緊咬著不肯張開。江口鬆開手指一看已沾染紅漬。那抹口紅不知用什麼才擦得掉。若用枕頭擦掉當成是女孩趴睡時沾上的應該就沒事了，可是擦拭之前如果不舔一下手指恐怕擦不掉。說來也怪，江口總覺得拿紅紅的指尖碰嘴巴很髒。老人將手指放在女孩的瀏海上磨蹭。用女孩的頭髮不停擦拭食指和大拇指的指尖時，逐漸變成老人用五指撫摸女孩的頭髮，手指伸入髮絲之間，最後攪亂頭髮，變得有點粗暴。女孩的髮尾產生靜電傳至老人的手指。髮香逐漸增強。一方面也是因為電毯的溫暖，女孩的氣味變得更濃郁。江口用各種方式把玩女孩的頭髮，一邊看著她的髮際線，尤其是後頸的碎髮鮮明如畫，格外漂亮。女孩將後面的頭髮向上梳攏弄得很短。額頭四處有或長或短的頭髮自然地垂落。老人撩起她額前的髮絲，望著她的眉毛和睫毛。一隻手的指頭深深插入髮間直到碰觸頭皮。

「還是沒醒。」江口老人說，抓住女孩的腦袋中央搖晃，女孩看似痛苦地蹙眉，半翻過身子趴臥。因此更朝老人靠近。女孩伸出雙臂，右臂放在枕上，右臉貼在那隻手的手背上。那個姿勢令江口只能看見她的手指。睫毛下是小指頭，食指從唇下露出，五指漸漸張開。大拇指藏在顎下。略向下撇的嘴唇的紅和四個長指甲的紅，都集中在雪白的枕套。女孩的左臂也從手肘彎曲，手背幾乎就在江口的眼下。豐潤的臉頰鼓起，手指卻很細長，甚至令人想到那樣的修長雙腿。老人用腳底板摸索女孩的腿。女孩左手的手指也稍微張開輕鬆地放著。江口老人將一邊臉頰貼在她那隻手的手背上。那個重量壓得女孩連肩膀都動了，卻無力抽出手。老人保持那姿勢安靜片刻。由於女孩伸出雙手，肩膀隨之稍微抬起，肩頭鼓起青春的渾圓肌肉。江口一邊替她把毯子拉高蓋到肩膀，一邊把那團肉納入掌下。嘴唇從手背移向手臂。女孩肩膀和後頸的氣息誘人。她的肩膀和背部下方本來緊繃著，但是隨即放鬆吸引了老人。

老人們來到這家受到的侮蔑和屈辱，江口此刻將在這個沉睡的女奴身上報復回來。他要打破這家的禁忌。他知道此舉會令他再也不能來這裡。江口毋寧就是為了讓女孩醒來才刻意粗暴。然而，江口立刻被顯然還是處女的象徵擋住了。

「啊！」他驚呼一聲退開。呼吸紊亂，心跳劇烈。比起臨時停手，驚愕的成分似乎更大。老人閉眼讓自己平靜下來。和年輕男人不同，要平靜並不難。江口輕撫女孩的頭髮，同時睜開眼。女孩依然是趴臥的姿勢。如此青春妙齡，居然是未破身的妓女，即使覺得她一定是妓女，但狂飆的情緒過後，老人對女孩的感情，以及對自己的感情都變了，再也無法恢復如初。他並不可惜。就算對睡著的陌生女子做了什麼也只不過是無聊之舉。可那突如其來的驚訝究竟是什麼呢？

被女孩宛如妖女的容貌誘惑，江口差點做出不該做的行為，但他忽然有個新的想法，他懷疑光顧這裡的老人們，或許帶著遠比他想像中更可悲的歡愉、更強烈的飢渴、更深刻的悲哀上門。就算只是當成老後消遣或簡單的回春術，內心深處想必潛藏著後悔也已無法挽回、掙扎也無法治癒的東西。今晚這個據說「老練」的妖女竟然還保有童貞，與其說是被老人們的尊重和誓約保護，無疑是一種淒慘的衰亡象徵。女孩的純潔似乎反而顯出老人們的醜陋。

女孩或許是墊在右臉下的那隻手發麻，舉到頭上緩緩將手指屈伸了兩三下。正巧碰到江口摸她頭髮的手。江口握住那隻手。手指有點冰涼，柔嫩修長。老人彷彿想捏扁小手般用力。女孩抬起左肩半翻過身，左臂劃過空中，伸長了像要抱住江口的脖子。但那隻手軟綿綿毫無力道，並未纏上江口的脖子。女孩面對他的睡臉實在太近，在江口的老花眼看來白濛濛的，不過她的眉毛太濃，睫毛形成過黑的陰影，隆起的眼皮和臉頰，偏長的脖子，還是一如第一眼的印象是個妖女。乳房雖然略顯下垂但其實很豐滿，就日本女孩而言乳暈算是較大且隆起。老人順著女孩的背脊一路摸到腿部。腰部以下結實緊繃。上半身和下半身的不協調或許是因為她是處女。

江口老人已經可以平靜地望著女孩的臉和脖子。那身肌膚很適合用來映襯天鵝絨布幔的緋紅。足以被這家的女人稱為「老練」的女孩，即使身體任由老人們玩弄，依然是處女。那固然是因為老人們已經衰頹無能，另一方面也是因為女孩睡得沉，但是想到這個妖女似的女孩今後人生不知會有怎樣的轉變，江口不禁湧現類似老父親的擔憂。這是江口已老的徵兆。女孩想必只是為了賺錢才睡在這裡。可是對付錢的老人們而言，躺在這樣的女孩身旁，無疑是世間難有的喜悅。女孩絕不會醒，因此年邁的客人不必為衰老的自卑感羞愧，大概也能自由地無限幻想與追憶女人。付出比清醒的女人更高的價錢也在所不惜，想必也是為了這個原因。沉睡的女孩完全不知面對的是怎樣的老人，這點大概也令老人安心。老人這廂也不知道女孩的生活背景和個性。就連能夠用來判斷那些線索的衣著，在這種狀況下也無從得知。不只是因為對老人們來說毫無後顧之憂這個簡單的理由。那想必也是黑暗深淵底層的曖昧光明。

不過，江口老人並不習慣和無言的女孩、閉眼的女孩，換言之是完全不識江口此人的女孩打交道，難免總有空虛的缺憾。他想看這個妖女似的女孩擁有怎樣的眼睛。想聽她的聲音跟她說話。光是撫摸沉睡女孩對江口來說並不是那麼強的誘惑，反而伴隨著窩囊感。但是江口很驚訝對方竟是處女，就此放棄了打破禁忌的念頭，所以他還是決定遵守老人們的規矩。比起上次的女孩，今晚這個女孩的確雖然沉睡卻充滿生氣。女孩的氣味、觸感、動作，也都能證明這點。

枕畔像上次一樣替江口準備了兩顆安眠藥。然而今晚他不想太早吃藥睡覺，還想多看女孩一會。女孩睡著時也動來動去。一個晚上翻身可能多達二、三十次。女孩雖然背對他，立刻又轉身面對這邊。並且伸臂摸索江口。江口把手放到女孩的一隻膝蓋將她拉過來。

「嗯，不要。」女孩似乎含糊說道。

「醒了嗎？」老人以為女孩即將醒來，更用力拉膝蓋。女孩的膝蓋無力地朝這邊彎曲。江口把手臂伸到女孩脖子底下，搖晃她讓她稍微抬頭。

「啊，我要去哪裡。」女孩說。

「醒了吧。醒醒。」

「不要，不要。」女孩把臉滑向江口的肩膀。似乎是要閃躲他的搖晃。她的額頭碰觸老人的脖子，瀏海刺到他的鼻子。髮絲硬得可怕。甚至會痛。氣味也撲鼻而來，江口扭開臉。

「你要幹嘛。討厭。」女孩說。

「我什麼也沒幹。」老人回答，但女孩其實是在說夢話。女孩不知是在睡夢中對江口的動作產生強烈的錯覺，還是夢見其他夜晚的老年客人惡意調戲。總之雖然夢話只是斷斷續續，江口還是很興奮能夠與女孩勉強算是交談。早晨說不定還能叫醒女孩。不過現在只是老人對她發話，女孩是否聽見都是疑問。比起老人說的話，或許對身體的刺激更能讓她說夢話吧。江口思考是否該用力揍她或掐她，最後卻緊緊把她抱入懷中。女孩沒有反抗，也沒有出聲。她現在應該喘不過氣。女孩甜美的呼氣噴到老人臉上。呼吸紊亂的反而是老人。任人擺布的女孩再次引誘江口。如果失去處女之身，從明天起這女孩不知會有怎樣的悲傷襲來。這女孩的人生不知又會如何改變。不管那是怎樣，總之在天亮之前女孩想必完全不會察覺。

「媽媽。」女孩低聲喊道。

「咦，怎麼，妳要走了？原諒我，原諒我……」

「妳在做什麼夢。那是夢，只是做夢。」江口老人更加用力抱緊說夢話的女孩，試圖讓她從夢中醒來。呼喚母親的女孩，聲音中蘊含的悲傷觸動江口的心。女孩的乳房緊貼在老人胸前幾乎壓扁。女孩開始挪動手臂。她在夢中把江口誤認成母親想抱住嗎？不，就算被人弄得昏睡，即使仍是處女，她分明就是妖女。江口老人這六十七年來，好像還不曾全身心接觸這樣的年輕妖女。若有妖豔的神話，她大概就是神話中的女孩。

江口漸漸覺得她不是妖女，而是中了妖術的女孩。所以，她「在昏睡中活著」，換言之，心靈雖然被人弄得陷入沉睡，身體反而做為女人覺醒了。沒有人心，只有女體。她或許已被訓練得習於應付老人們，以至於被這家的女人稱為「老練」。

江口緊摟女孩的手臂放鬆，改為溫柔的擁抱，女孩的裸臂也再次轉為擁抱江口的姿勢後，真的溫柔地抱住江口。老人就此靜默。他閉上眼。暖意令他心醉神迷。幾乎神思恍惚。彷彿也領悟了來這家的老人們的歡愉和幸福。對老人們而言，這裡有的不只是年老的可悲、醜陋、膚淺，或許也洋溢青春生命的恩賜。對老朽不堪的男人來說，還有什麼時刻比起與年輕女孩肌膚相親更能夠渾然忘我。但是對於為此被人弄睡當成祭品的女孩，老人們不知是認為買春無罪，還是因為隱約有點罪惡感反而加強了歡愉？渾然忘我的江口老人也幾乎忘記女孩是祭品，用腳去摸索女孩的腳尖。因為只有那裡沒碰觸到。女孩的腳趾修長優雅地扭動。指節時而蜷縮時而翹起，也像是手指的動作。光靠那裡，江口也能感到這個女孩身為謎樣女子的強烈誘惑。雖在睡夢中，這個女孩仍可用腳趾交流枕邊細語。然而老人只是把女孩腳趾的動作當成稚拙卻性感的音樂來聽，追隨了片刻。

女孩似乎做了夢，卻不知那個夢是否結束了。江口猜想，她說不定不是在做夢，只是在老人不時的碰觸下，養成用呢喃囈語來對話、抗議的慣性罷了。即使不說話，這女孩也洋溢著能夠在睡夢中用身體與老人交流的嫵媚，但江口還是揮不去渴望，就算是隻言片語的夢話也好，只想聽她親口說出對話，這或許是因為自己還不太適應這家的祕密吧。江口老人遲疑地猜想自己如果說點什麼，或者碰觸哪裡，女孩是否就會以夢話回應，

「已經不做夢了？不是夢見妳媽媽離開嗎？」他說，沿著女孩的背脊摩挲那條溝。女孩扭肩甩開，又變成趴臥。看來這是女孩喜歡的睡姿。她的臉還是對著江口，右手輕抱枕頭角，左臂放在老人的臉上。但是女孩什麼也沒說。溫柔的鼾聲溫熱地拂面而來。不過放在江口臉上的手臂動來動去似乎想找個安穩的位置，因此老人用雙手把女孩的手臂擱到自己的眼睛上。女孩長指甲的前端

輕刺江口的耳垂。手掌根部搭在江口的右眼皮上，右眼皮被女孩纖細的手臂覆蓋。老人希望這一刻就此停駐，於是把女孩的手壓在自己的左眼上。女孩肌膚的氣息滲透眼球，甚至讓江口又浮現嶄新的豐富幻想。正好就是現在這個季節，大和古寺高聳的石牆牆根，兩三朵寒牡丹在小陽春的陽光下開花，詩仙堂的簷廊邊綻放滿院的白色山茶花，還有春天奈良的馬醉木花、紫藤花，椿寺滿園盛開的散茶花。

「對了。」關於這些花，還有江口嫁出去的三個女兒的回憶。那是他帶三個女兒，或者其中一個女兒去旅行時見到的花。已經為人妻為人母的女兒們或許不大記得了，但江口印象深刻，不時回想起來也會對妻子談起那些花。做母親的似乎就算女兒出嫁了也不會像父親那樣感覺與女兒分離，事實上母女之間也一直保持親密的來往，因此對於和婚前的女兒一起去旅行賞花並未太放在心上。況且有些賞花之旅母親也沒去。

江口被女孩那隻手遮住的眼睛深處，任由各種花卉的幻影一再浮現又消失，同時也重新浮現女兒出嫁一陣子後有段日子看到別家女孩都覺得可愛的感受。這個女孩似乎也是那時候的別家女孩之一。老人鬆開手，女孩的手卻一直放在江口的眼睛上。三個女兒之中，見過椿寺散茶花的只有小女兒，那也是小女兒婚前半個月的告別之旅，這茶花的幻影最強烈。尤其小女兒在婚事方面經歷了苦澀的傷痛。當時不僅有兩個年輕人爭奪小女兒，小女兒也在那場爭奪中失去童貞。江口多少也是為了讓小女兒轉換心情才會邀她去旅行。

茶花從花柄整朵掉落如斷頭，因此被視為不祥之兆，但椿寺那棵號稱樹齡四百年的大樹開滿五色花朵，重瓣的花不會整朵掉下來，而是花瓣片片散落，因此據說被命名為散茶花。

「花謝時，一天掉落的花瓣可以裝滿五、六畚箕。」年輕的住持太太如此告訴江口。

比起從向陽面眺望，據說從背陽處觀賞人茶樹的簇簇花朵反而更美。江口和小女兒坐的簷廊面西，日已西斜。正好在背陽處。換言之是逆光，但大茶樹茂密的葉子和盛開的花朵層層鋪疊，春日陽光都無法穿透。陽光凝聚在茶樹內部，茶樹的樹蔭邊緣彷彿有晚霞氤氳。椿寺位於嘈雜世俗的市區，院子除了一棵大茶樹似乎別無可觀之處。而且江口完全被大茶樹吸引根本看不見別的，心思也被茶花占據聽不見塵世喧囂。

「花開得真好。」江口對女兒說。

年輕的住持太太回答，「有時早上起來一看，滿地落花連地面都看不見。」說完留下江口父女就起身離去。他不確定一棵大樹是否真的開了五種顏色的花，只記得有紅花，也有白花，還有帶斑點的花，但是比起查證那個，江口更在意的是茶樹整體。號稱樹齡四百年的老茶樹，居然還能開出如此壯觀的繁花。夕陽的光芒全被吸入茶樹中，那棵花樹內部似乎充滿暖意。感覺不像有風，邊緣的花枝卻不時款款搖曳。

但小女兒並不像江口那樣被這棵名樹的散茶花吸引。她的眼皮頹然垂落，或許不是在看茶樹，而是在審視自己的內心。江口在三個女兒中最疼愛這個女兒。女兒也本著老么的天性很愛撒嬌。上面兩個女兒出嫁後更是如此。那兩個女兒還以為江口會把老么留在家裡招贅，對母親吐露過妒意，江口也曾聽妻子如此轉述。小女兒從小活潑開朗。在父母看來，她的異性朋友太多，似乎有點輕浮，但女兒在異性朋友的環繞下看起來生氣蓬勃。不過，那些異性朋友之中，女兒喜歡的只有兩人，這點做父母的，尤其是在家招待過她那些朋友的母親非常清楚。就是其中一人奪走女兒的童貞。女兒有一陣子在家變得很沉默，更衣時的動作也變得很煩躁。母親立刻察覺女兒有點不對勁。輕聲一問，女兒毫不遲疑地和盤托出。那個年輕人在百貨公司上班，住的是公寓。女兒似乎是在對方的邀請下去了公寓。

「妳要和那個人結婚吧？」母親說。

「不要。我絕對不要。」女兒的回答，令母親很困惑。母親猜想那個年輕人一定有不當之處。於是和江口商量此事。江口覺得学上明珠受到傷害，但是聽說小女兒已和另一個年輕人匆匆訂婚後更感驚訝。

「你覺得如何？這樣好嗎？」妻子促膝上前殷殷詢問。

「女兒把那件事告訴未婚夫了嗎？她都坦白說了？」江口的聲音激動得拔尖。

「不知道。這個我沒聽說。因為我也嚇一跳……。要問問女兒嗎？」

「不。」

「世間一般成年人好像認為，這種錯誤還是不要告訴結婚對象比較好，瞞著更保險。但是，那也要看女孩子的個性和心情而定。有時就因為隱瞞，女孩一個人可能會痛苦終生。」

「先不說別的，女兒的婚約，父母是否同意都還不確定吧。」

被一個年輕人侵犯，立刻又和別的年輕人訂婚，江口當然不認為這是順理成章的結果。做父母的也知道，那兩個年輕人都喜歡女兒。江口也認識那兩人，甚至想過無論哪個和小女兒結婚應該都不錯。可是，女兒倉促訂婚該不會是衝擊下的反擊吧？是她對一個人充滿憤怒、憎惡、怨恨、懊惱的失衡心態，導致她投入另一人的懷抱嗎？抑或是對一個人的幻滅、自己的混亂，令她想抓住另一人求助？像小女兒這樣的女孩，多少也有可能在遭到玷汙後對那個年輕人徹底灰心，反而強烈被另一個年輕人吸引。那或許也可說是一種報復和有點自暴自棄的不純粹動機。

不過江口做夢也沒想到，這種事會發生在自己的小女兒身上。或許任何父母皆是如此。不過，小女兒在異性朋友的圍繞下，向來過得開朗又自由，是個好強的女孩，所以江口一直很放心。可是發生這種事之後回頭想想，當然一點也不足為奇。小女兒和世間一般女子的身體構造並無不同。當然有可能被男人霸王硬上弓。當江口的腦海驀然浮現女兒在那種狀況下的醜陋姿態，不禁萌生強烈的屈辱和羞恥。前兩個女兒去蜜月旅行時，他並沒有那種感覺。事到如今就算把小女兒的遭遇視為男人的愛火失控燎原，江口也能想像以女兒的身體構造根本無法徹底抗拒。對做父親的而言，這是一種不合常理的心態嗎？

江口沒有立刻同意小女兒的婚約，也沒有一開始就反對。做父母的是在很久之後才知道，有兩個年輕人相當激烈地爭奪小女兒。而且，當江口帶女兒來京都看盛開的散茶花時，女兒的婚期已近。大茶樹內部隱約蘊含嗡嗡聲。或許是成群的蜜蜂。

那樣的小女兒也在婚後兩年生下兒子。女婿似乎很疼孩子。有時星期天小夫妻倆回娘家，女兒下廚和母親一起做菜時，女婿就俐落地餵孩子喝牛奶。江口看了，心想夫妻關係顯然很穩定。雖然同樣住在東京，但女兒婚後很少回娘

家，有時一個人回來，江口問她，

「怎麼樣？」

「什麼怎麼樣，當然很幸福。」女兒回答。或許夫妻之間的事情就算在父母面前也無法啟齒，但是依小女兒的個性，應該會在娘家父母面前多談談丈夫才對，因此江口總覺得若有所憾，也有點擔心。不過小女兒作為年輕少婦似乎終於成熟綻放，出落得越發嬌美。就算那只是從未婚女子變成少婦的生理性轉變，如果真有什麼心理陰影，想必也不可能這樣如花燦爛。生完孩子後的小女兒似乎連體內都受到淨化，肌膚明亮，人也變得穩重大方。

或也因此，在「睡美人」之家，江口把女孩的手臂放在自己的眼皮上時，浮現的幻影才會是盛開的散茶花吧。當然，無論是江口的小女兒或睡在這裡的女孩，都沒有那棵茶樹的豐饒。但是如果單看女體的豐腴，單憑女孩溫順的陪睡，還真不好說究竟如何。那絕非區區茶花能夠相比。從女孩的手臂傳達到江口眼皮深處的，是生命的交流，生命的旋律，生命的誘惑，同時對老人而言，也是生命的恢復。江口感到女孩的手臂擱久了壓得眼球很重，於是把她的手放下來。

女孩那隻左臂無處可放，或許是因為硬邦邦擱在江口的胸膛不舒服，女孩朝著江口半翻過身來。雙手在胸前彎曲，十指交握。碰到了江口老人的胸膛。不是合掌的姿勢，卻像在禱告。像柔和的禱告。老人把女孩交握的雙手包在自己的雙掌中。如此一來，老人閉上眼彷彿自己也在祈禱什麼。但那或許只不過是老人摸到沉睡的年輕女孩小手的悲哀。

夜雨開始落在平靜海面的聲音，傳入江口老人的耳中。遠處響起的似乎不是車聲而是冬雷，但是聽不清。江口掰開女孩交握的手指，把大拇指以外的四根手指一一拉直打量。他很想把纖細修長的手指放進嘴裡咬。小指頭如果留下牙印滲血，這個女孩明天醒來後不知會怎麼想。江口把女孩的手臂順著身體的方向拉直。然後看著女孩隆起大片乳暈且色澤深沉的豐盈乳房。他試著捧起略顯下垂的乳房。沒有女孩被電毯溫熱的身體那麼暖，只有微溫。江口老人想把額頭貼在雙乳之間，但是才把臉貼近，女孩的氣息就令他遲疑。他改成趴臥，拿起枕畔的安眠藥，今晚一口氣把兩顆都吃了。之前初次來這家的那晚，他先吃一顆，被惡夢驚醒後又補了一顆，但他知道那只是普通的安眠藥。江口老人很快就陷入沉睡。

老人是被女孩激烈的抽泣聲驚醒的。那個聽來像哭泣的聲音又變成笑聲。笑聲持續許久。江口環抱女孩的胸部搖晃。

「是做夢，是做夢。妳夢見什麼了。」

女孩長久的笑聲停止後的靜謐很詭異。可是江口老人的安眠藥效也發作了，好不容易才撿起枕邊的手錶看時間。三點半。老人把胸膛貼近女孩，把腰摟了過來，暖呼呼地睡著了。

早上又被這家的女人叫醒。

「您醒了嗎？」

江口沒有回答。女人或許正走近密室的門，把耳朵貼在杉木門上。那種動靜令老人悚然。女孩或許是嫌電毯太熱，露出裸肩，一隻手伸到頭上。江口替她把被子拉高。

「您醒了嗎？」

江口還是沒回答，把頭埋進被窩裡。下巴碰到女孩的乳頭。江口頓時彷彿燒起來，抱著女孩的背，用腳把女孩撈過來。

這家的女人輕敲杉木門三、四次。

「先生，先生。」

「我起來了。現在就換衣服。」江口老人如果再不回答，女人恐怕會開門直接進來。

隔壁房間已端來臉盆、牙刷等物。女人邊替他擺早餐邊說，

「怎麼樣，不錯的女孩吧？」

「的確很不錯……」江口點頭之後又說，「那個女孩什麼時候會醒？」

「誰知道要什麼時候。」女人裝傻。

「我不能待在這裡等到她醒嗎？」

「這個嘛，我們這裡沒有那種規矩喔。」女人有點慌，「不管多熟的老客人，都沒那種規矩。」

「可是，那女孩太好了。」

「您可別付出無謂的感情，還是只和沉睡的女孩打交道比較好吧。她完全不知道和您一起睡過，所以也不會發生任何麻煩。」

「可是我記得她。如果在路上遇見了……」

「哎喲，難不成您還打算出聲打招呼？千萬別那樣做。那多罪過啊。」

「罪過……？」江口老人重複女人說的話。

「對呀。」

「是罪過嗎？」

「您千萬別有那種叛逆的心思，就把睡著的女孩當成睡著的女孩關照就好了。」

江口很想說我還沒有老到那麼窩囊的地步，但他強自按捺，

「昨晚好像下雨了。」

「是嗎？我一點都沒發現。」

「的確聽見雨聲。」

從窗口可以看見海面近岸處有微波在朝陽下閃爍。

之三

江口老人第三次去「睡美人」之家，是在第二次的八天後。第一次和第二次相隔半月，這次等於縮短了一半時間。

江口或許也逐漸被沉睡女孩的魔力魅惑了。

「今晚是見習生，您或許不中意，還請將就一下。」這家的女人邊替他倒茶邊說。

「又換人了？」

「您臨要來了才打電話，所以只能安排有空檔的女孩……如果有指定的女孩，兩三天之前就得先通知我們。」

「是嗎。不過，妳說的見習生，是怎樣的女孩？」

「是新來的，還很小。」

江口老人很驚訝。

「她還不習慣，有點害怕，本來要求兩人一起陪客，可是那也得客人願意才行。」

「兩人一起？就算是兩人一起也無所謂吧。況且睡得像死了一樣，也沒什麼怕不怕的吧？」

「是沒錯，不過那孩子畢竟還不習慣，所以請您手下留情。」

「我又不會對她怎樣。」

「這個我知道。」

「見習生啊。」江口老人嘀咕。事情還真奇怪。

女人一如往常把杉木門拉開一條縫，窺探室內後，「她已經睡了，請進。」說完就走出房間。老人自己又倒了一杯煎茶喝，歪身支肘躺下。有點微寒的空虛。懶洋洋地起身後，輕輕拉開杉木門，探頭窺看天鵝絨密室。

「還很小」的女孩臉蛋嬌小。似乎是把原本綁辮子的頭髮鬆開，髮絲凌亂遮住半邊臉，另一邊的臉頰至嘴唇被手背遮住，因此臉看起來更小。純真的少女安睡。說是手背，由於手指輕鬆伸直，其實只有手背的邊緣輕觸眼睛下方，手指在那裡蜷曲從鼻翼蓋住嘴唇。修長的中指有點無處安放，伸到下巴底下。那是左手。右手放在被子的邊緣，手指輕柔握住。臉上脂粉未施。也不像是睡前卸過妝。

江口老人從旁悄悄鑽進被窩。他小心翼翼避免碰到女孩任何地方。女孩文風不動。但是女孩的溫熱，和電毯的溫熱不同，漸漸籠罩老人。那像是青澀野生的溫暖。或許是頭髮和肌膚的氣息令人這麼感覺，但不僅於此。

「大概十六歲吧。」江口嘀咕。會來這裡的，都是已經無法把女人當女人對待的老人，不過在這裡度過第三晚的江口知道，和這樣的女孩安靜睡覺，想必也是一種追尋過往人生歡愉痕跡的縹緲慰藉。或許也有老人暗自期盼自己能在被人弄睡的女孩身旁永久長眠吧。女孩的青春肉體似乎有某種傷感的東西，誘惑老人已死的心。不，江口在來這裡的老人之中算是比較多愁善感，或許大多數老人只想從沉睡的女孩身上吸取青春，拿不會醒來的女人取樂。

枕畔還是放著兩顆白色藥丸。江口老人捏起來看，藥丸上沒有文字也沒有記號，所以不知藥名是什麼。和女孩被灌下或被注射的藥物當然肯定不同。江口如果下次還會來，他想向這家的女人索取和女孩一樣的藥物。對方八成不肯給，如果給了，萬一自己也睡得像死掉似的不知會怎樣。和沉睡如死的女孩一起沉睡如死，對老人是一種誘惑。

關於「沉睡如死」，其實有段女人的回憶。三年前的春天，老人把女人帶回神戶的飯店。當時是從夜店回來，所以已經過了半夜。他喝了房間的威士忌，也請女人喝。女人喝的和江口一樣多。老人換上飯店準備的浴衣型睡衣，但是房間沒有女人的睡衣，他直接抱住只穿內衣的女人。江口摟著女人脖子溫柔撫摸女人的背部猶在遲疑時，女人坐起上半身說，

「穿著這玩意會睡不著。」把身上的衣物全脫掉，扔到鏡子前方的椅子上。老人有點吃驚，但他猜想那或許是她和白人交往養成的習慣。沒想到女人意外地溫順。江口鬆開女人說，

「還沒吧……？」

「太狡猾了，江口先生真狡猾。」女人連說兩次，但還是很溫順。老人的酒意上來，立刻睡著了。隔天早上，江口被女人的動靜吵醒。女人正對著鏡子梳頭髮。

「妳怎麼這麼早就起來了。」

「因為我有孩子。」

「孩子……？」

「對，兩個。還很小。」

女人行色匆匆，不等老人起床就走了。

身材纖細緊緻的女人居然已經生過兩個孩子，這讓江口老人很意外。從她的身體完全看不出來。乳房也不像餵過奶。

江口準備出門時打開旅行袋想拿件新襯衫，發現袋內被收拾得很整齊。十天的旅行期間，他把換下的髒衣服揉成團一塞，要拿什麼東西時就從底下翻，在神戶購買或別人送的土產紀念品也隨手扔進袋裡，亂七八糟塞得鼓鼓的，連蓋子都合不起來。或許是蓋子被頂開讓她窺見，或是老人拿香菸出來時，被女人看到袋裡的雜亂吧。不過話說回來，她怎麼會想替他整理呢？又是什麼時候整理的？連穿過的內衣都被摺疊得整整齊齊，就算是慣做家事的女人肯定也得花點時間。昨晚江口睡著後，女人難道睡不著又爬起來，替他整理了旅行袋？

「嗯？」老人望著整理得井井有條的袋內。「不知這是什麼意思。」

隔天傍晚，女人穿著和服來到相約的日本料理店。

「妳也會穿和服？」

「對，有時候……不適合我吧？」女人羞澀地笑了，「中午朋友打電話來，大吃一驚，問我這樣真的沒關係嗎。」

「妳都告訴人家了？」

「對，我向來毫無保留。」

走在街上，江口老人替女人買了和服衣料和腰帶衣料，相偕回到飯店。從窗口可以看見入港的船隻燈光。江口和女人站在窗邊接吻，一邊關上百葉窗和窗簾。他拿出前一晚的瓶裝威士忌但女人搖頭。女人怕失態所以強忍誘惑。後來睡得很沉。隔天早上，江口起來時，女人也跟著醒了。

「哎喲，睡得像死了一樣。真的睡得像死掉了。」

女人瞪大雙眼，定定不動。那是清澈如洗的水潤明眸。

她知道江口今天要回東京。她的丈夫被外國貿易公司派駐神戶期間娶了她，但這兩年幾乎都回新加坡去了。下個月會再來神戶的妻子身邊。這點女人昨晚也說了。江口沒聽她說起之前，壓根不知道這個年輕的女人已是有夫之婦，而且是外國人的妻子。因為他輕易就把女人從夜店拐出來了。江口老人昨晚心血來潮走進夜店，隔壁桌是兩個西洋男人和四個日本女人。其中有個中年女人和江口是點頭之交因此跟他打招呼。似乎是這個女人帶那群人來玩。兩個洋人起身去跳舞後，女人慫恿江口和年輕女人跳舞。江口在第二首跳到一半時，邀女人溜出夜店。年輕女人似乎覺得這種惡作劇很有趣。毫不考慮就來了飯店，反倒是江口老人進了房間有點不自在。

江口這下子等於和有夫之婦，而且是外國人的日本妻子偷情。女人把幼小的孩子交給奶媽或保母，自己在外過夜，完全沒有有夫之婦應有的心虛，因此江口也沒有強烈感到這是悖德的偷情，但內心還是揮不去罪惡感。可是聽到女人說睡得像死掉，那種喜悅，猶如青春的樂音縈繞。當時，江口六十四歲，女人大概二十四、五至七、八之間吧。老人甚至覺得這恐怕是最後一次和年輕女人發生關係。短短兩夜，其實也可以說僅有一夜，睡得像死掉的她，成了江口難忘的女人。之後女人寄信來，信上說如果江口下次再去關西還想見面。過了一個月女人再次來信，通知他丈夫已回到神戶，但她說那樣也無所謂，還是想見面。過了一個月又收到同樣的來信。從此就再也沒消息了。

「我懂了，那個女人懷第三胎了……肯定是那樣沒錯。」江口老人如此呢喃，是在事隔三年後，在沉睡如死的年輕女孩身旁想起女人時。之前他完全沒想過那回事。此刻為何會在不意間想到，江口自己也感到不可思議，不過一旦生出這種想法，總覺得肯定是那樣沒錯。後來之所以音信全無，應該是女人懷孕了吧。原來如此啊，江口老人幾乎浮現微笑。女人迎接從新加坡歸來的丈夫後隨即懷孕，就像是洗去了她與江口的外遇，令老人很安心。如此一來，不禁有點懷念女人的身體。那並未伴隨情慾。緊緻光滑又修長的身體，似乎是年輕女子的象徵。懷孕雖只是江口自己不意間的想像，卻是毋庸置疑的事實。

「江口先生，你喜歡我嗎？」女人在飯店曾經這麼問。

「喜歡啊。」江口回答，「女人都愛問這個。」

「可是，還是……」女人吞吞吐吐，沒再繼續說下去。

「妳不問我喜歡妳哪一點？」老人揶揄。

「算了。不說了。」

但是被女人問到是否喜歡，他很確定是喜歡的。而且三年後的今天，江口老人依然沒忘記女人這麼問過。女人生了第三胎後，不知是否仍保持彷彿沒生過孩子的身材。江口忽然無比懷念她。

老人幾乎完全忘記睡在身旁的年輕女孩，但是讓他想起神戶那女人的就是這女孩。女孩的手臂貼著臉頰，手肘張開很礙事，因此老人握住她那隻手腕讓她伸直放進被窩。電毯的溫暖讓她連肩胛骨都露在外面。嬌小肩膀的清純圓潤，近得幾乎碰到江口老人的眼睛。那種圓潤彷彿可以納入老人的掌中，因此他很想握住卻又作罷。肩胛骨突起沒有埋在肉中。江口本想沿著那骨頭輕撫，卻也作罷。不過，他輕輕撩起落在她右頰的長髮。天花板的幽微光線照亮四周的緋紅布幔，襯托女孩的睡臉格外柔媚。眉毛也沒修剪。長睫毛整齊併攏，幾可用指尖捏住。下唇中央有點厚。沒露出牙齒。

江口老人在這裡體悟到，沒有什麼能比年輕女孩的純真睡臉更美。那想必是這世間幸福的慰藉。無論任何美女的睡臉都無法掩飾年紀。年輕的睡臉就算不是美女也好看。或許這家是刻意挑選睡臉漂亮的女孩。江口光是近距離凝望女孩嬌小的睡臉，人生和平日的辛苦勞頓好像就會款款消失。即使只是抱著這種念頭吃安眠藥睡覺，無疑都是恩賜的一夜幸福，不過老人還是靜靜閉上眼動也不動。這個女孩既然能讓他想起神戶的女人，或許也能讓他想起別的，所以他捨不得睡著。

神戶的年輕人妻在睽違兩年後迎來丈夫的回歸，想必立刻懷孕了——這個不意間的想像一定是事實。這種必然似的篤定感，突然在江口老人的腦海縈繞不去。女人和江口的偷情似乎並沒有讓生下的孩子丟人或骯髒。老人感到是真心祝福她的懷孕與生產。那個女人體內有年輕的生命在活動。江口彷彿後知後覺自己的衰老。然而女人為何可以不露絲毫介懷和心虛，溫順地委身於他呢？

江口老人近七十年的人生中好像從不曾有過這種事。女人沒有妓女的風塵味，也沒有外遇的味道。在這裡躺在被人不自然地弄得昏睡的少女身旁，反而還讓江口更有罪惡感。天亮之後，女人颯爽地匆匆回到有幼兒的家中時那種態度，也讓年老的江口可以愉悅地從床上目送她離去。江口覺得這或許已是和年輕女子的最後一次情事，她成了他永難忘懷的女人，不過女人想必也忘不了江口老人。兩人都沒受到太大的傷害，就算一輩子保守這個祕密，兩人想必也不會忘記。

然而，此刻讓老人歷歷回想起神戶女子的，竟是「睡美人」的見習小姑娘，這實在太不可思議了。江口睜開眼。溫柔地伸指輕撫女孩的睫毛。女孩蹙眉扭開臉時張開嘴唇。舌頭碰到下巴，蜷縮著似乎有點沉鬱。那稚氣的舌頭中央有可愛的凹陷。江口老人感到誘惑。他湊近看女孩張開的嘴巴。如果勒住女孩的脖子，這小舌頭是否會痙攣？老人想起以前見過比這女孩更年幼的妓女。江口沒有那種癖好，不過身為客人，只好接受主人的安排。那個小姑娘有時會用上單薄細長的舌頭。潮濕之味。江口覺得毫無情趣。街上傳來激昂人心的鼓聲和笛聲。這晚似乎有祭典活動。小姑娘有雙丹鳳眼，長相看起來很倔強，對待江口這個客人心不在焉又急躁。

「是廟會祭典啊。」江口說，「妳想趕快去逛廟會吧。」

「哎喲，您真了解。沒錯。我和朋友本來都約好了，卻被叫來這裡。」

「沒事。」江口避開小姑娘潮濕冰冷的舌頭。「不用了，妳快去吧……是在敲大鼓的神社吧。」

「可是，會被這裡的老闆娘罵。」

「沒事。我會替妳好好說情。」

「這樣啊。真的？」

「妳多大年紀？」

「十四。」

女孩面對男人毫無羞恥。對自己也沒有屈辱和自棄。蠻不在乎。也沒仔細打扮，就匆匆去街上逛廟會了。江口抽著菸，一邊聆聽片刻鼓樂笙簫和攤販的叫賣聲。

當時江口幾歲，已經不大記得了，不過就算已經到了讓小姑娘毫不留戀地趕去逛廟會的年紀，也絕非現在這麼老。今晚的女孩大概比那個女孩大兩三歲，和那女孩比起來發育得更好更有女人味。先不說別的，被人弄睡了絕對不會醒就已是一大差異。即使廟會的鼓聲震耳欲聾她也聽不見。

豎耳一聽，後山似乎吹過微弱的寒風。女孩微張的嘴唇，對著江口老人的臉孔噴出熱呼呼的氣息。映照緋紅天鵝絨的昏暗燈光甚至進入女孩的口中。這女孩的舌頭似乎不像那女孩的舌頭那樣濕潤冰冷。老人受到更強烈的誘惑。在這個「睡美人」之家，露出口中丁香舌睡覺的，這女孩是頭一個。與其說老人想把手指伸進去碰觸她舌頭，倒像是更狂熱的惡念在心頭騷動。

但是那種惡念，此刻並非像伴隨強烈恐懼的殘虐企圖那樣以明確的形式浮現在江口的腦海。男人對女人犯下的殘酷惡行，究竟是什麼樣？比方說神戶的有夫之婦和十四歲雛妓的事，只不過是漫長人生的瞬間，霎時就已流逝。和妻子結婚，養育幾個女兒，表面上被視為好事，可是時光漫長，江口在那漫長的期間束縛他們，左右女人們的人生，甚至可能讓他們連個性都扭曲了，那或許才是罪惡。或許在社會習慣與秩序的混淆下，令罪惡感麻痺了。

躺在沉睡的女孩身旁，想必的確是罪惡。如果殺了女孩那就更擺明了是罪惡。無論是要掐女孩的脖子或是摀住口鼻令她窒息，八成輕而易舉。可是女孩張著嘴，稚氣地露出舌頭酣睡。江口老人若把手指放在她的舌上，舌頭似乎就會像嬰兒吸奶那樣自動捲起。江口把手放在女孩的鼻下和下顎摀住她的嘴。一移開手，女孩的嘴唇又張開。睡著也微啟雙唇非常可愛，令老人看到女孩的青春。

或許是女孩太小，反而讓惡念在江口的心頭蕩漾，不過悄悄造訪這個「睡美人」之家的老人們，不只是落寞地追悔逝去的青春，或許也有人是為了忘卻畢生犯過的罪惡。介紹江口來這裡的木賀老人，當然沒有透露過其他客人的祕密。想必成為會員的客人也不多。那些老人，不難想像就世俗標準都是成功人士而非失敗者。然而，那種成功想必是做惡得來的，也靠著不斷做惡來維持。他們在心靈方面絕不安泰，毋寧是恐懼者、戰敗者。碰觸沉睡女孩的肌膚躺在一旁時，從內心深處湧現的，或許不只是對死亡日漸接近的恐懼，對逝去青春的哀悼。說不定也有對自己昔日悖德行為的悔恨，以及成功人士往往會有的家庭不幸。老人們想必沒有足以跪地膜拜的神佛。他們就算緊摟著裸體美女，流下冰冷的淚水，哀哀痛哭或嘶吼，女孩也一無所知，絕對不會醒。老人們不會感到羞恥，自尊心也不會受傷。可以自由地追悔，自由地感傷。如此看來「睡美人」不就等於是神佛？而且是活生生的。女孩青春的肌膚和氣息，可能也寬宥撫慰了這種可憐的老人們。

萌生那種想法後，江口老人靜靜地閉上眼。到目前為止的三個「睡美人」之中，今晚這個女孩年紀最小，毫不老練，卻讓江口萌生這種念頭，想想還真有點不可思議。老人抱緊女孩。之前他一直極力避免碰觸女孩任何地方。女孩幾乎被老人的身體包覆。女孩的力氣被剝奪無法反抗。身子纖細得可憐。或許即便在沉睡中也能感到江口的存在，她閉緊嘴唇。突出的腰骨硬梆梆地撞到老人。

「這個小姑娘，今後不知會有怎樣的人生。就算沒有所謂的成功或出人頭地，是否也能安穩地度過一生呢？」江口思忖。希望今後她在這裡撫慰、解救老人們的功德，足以讓她將來幸福，但他忍不住想，或許像古老的傳奇小說那樣，這個女孩其實是什麼佛的化身？不是也有妓女或妖女其實是佛陀化身的傳說嗎？

江口老人溫柔地抓住女孩的垂髮，靜下心來試圖自我懺悔過去的罪孽與悖德。然而浮現心頭的是昔日交往過的那些女人。而且老人慶幸的是，想起的並非與他們交往的時間長短、長相的美醜、聰明或愚笨、人品的好壞那種東西。例如神戶的那個有夫之婦，她曾說，「哎喲，睡得像死了一樣。真的睡得像死掉。」

他想起的就是那樣的女子們。是在江口的愛撫下渾然忘我，敏感地回應，為情不自禁的歡愉而瘋狂的女子。那與其說取決於女人的愛意深淺，想必還是因為天生的身體本能吧。這個小女孩將來成熟了不知會怎樣，老人用摟抱女孩背部的手掌一路摩挲下去。但是那種事誰也無法預知。上次在這裡，躺在看似妖女的女孩身旁，江口曾經懷疑六十七年的過往人生中，自己究竟接觸到幾分性愛的遼闊與深奧，而且他從那種想法感到自己的衰老，可是今晚的女孩反而讓江口老人的性愛經歷活生生地重現腦海，真是不可思議。老人輕輕把唇貼上女孩嘟起的嘴唇。毫無滋味。很乾燥。無滋無味似乎反而更好。江口或許再也不會見到這女孩。等到這個小女孩的嘴唇為性愛的滋味而濕潤蠕動時，江口或許早已入土了。即便如此也不必遺憾。老人把唇從她的唇上移開轉而碰觸她的眉睫之間。女孩或許是覺得癢，微微挪開臉，額頭貼上老人的眼部。始終閉著眼的江口這下眼睛閉得更緊了。

眼皮內側有無數幻影浮現又消失。最後幻影隱約成形。無數金箭飛過身旁。箭頭帶著深紫色的風信子花。箭尾帶著五顏六色的嘉德麗雅蘭。很美。但是箭飛得這麼快，花不會掉嗎？不會掉也太不可思議了，江口老人忐忑地想著睜開眼。原來自己打起瞌睡了。

枕畔的安眠藥還沒吃。一看藥旁的手錶，已過了十二點半。老人把兩顆安眠藥放在手心，今晚沒感到老年的厭世與寂寞，因此有點捨不得睡著。女孩發出安詳的鼾聲。不知被灌下什麼藥，還是被注射了什麼，毫無痛苦的跡象。或許是安眠藥的分量多，或者是輕型毒藥，不過江口還真想陷入這樣的沉睡一次。靜靜鑽出被窩後，他走出緋紅天鵝絨房間去隔壁房間。他按鈴想向這家的女人索討和女孩同樣的藥物，可光是鈴聲響了半天，就已讓他感到屋內外的寒氣。江口也不敢在三更半夜讓這祕密之家的鈴聲一直響。此地氣候溫暖，冬天的落葉有時留在枝頭就萎縮了，儘管如此，仍可聽見若有似無的風掃過庭院落葉。拍擊高崖的海浪今晚也風平浪靜。無人的靜謐，令人感到這房子宛如鬼屋，江口老人的肩膀冷得發抖。他只穿著睡覺的浴衣就出來了。

回到密室，小女孩的臉頰紅潤，雖已把電毯的溫度調低，不過大概是因為女孩年輕吧。老人靠近女孩，溫暖自己的冰冷軀體。女孩暖呼呼地挺胸，腳尖露在榻榻米上。

「這樣會感冒喔。」江口老人說，卻感到年齡的鴻溝。嬌小溫暖的女孩恰好可以讓江口抱在懷中。

隔天早上，江口邊讓這家的女人伺候他用餐邊說道，

「昨晚我按鈴叫妳，妳聽見了嗎？我也想要和女孩同樣的藥。我想那樣沉睡看看。」

「那不合規矩。先不說別的，對老年人太危險。」

「我心臟很好，不用擔心。就算從此長眠不醒，我也無怨無尤。」

「您才來三次，就已經開始這樣任性要求。」

「在這裡能被允許的最大任性是什麼？」

女人用討厭的眼神看著江口老人，露出淺笑。

之四

一早就陰霾的冬日天空，到了傍晚前變成冰冷的小雨。江口老人是在走進「睡美人」之家的大門後，才察覺小雨已轉為雨雪交加。依舊是那個女人悄悄關門上鎖。女人手裡拿著燈用來照亮腳下，在那微光下只見雨絲夾雜白色的東西。白色的東西只有零星少許，似乎很柔軟。落在通往玄關的踏腳石上就融化了。

「石頭濕滑，請小心。」女人撐著傘，另一手想拉住老人的手。老人隔著手套似乎都能感到中年女人手上噁心的暖意。

「我自己會走。」江口甩開她。「我還沒老到需要人攙扶。」

「石頭很滑。」女人說。石頭周圍掉落的楓葉無人打掃。也有乾枯褪色的葉子，被雨打濕後閃閃發亮。

「也有那種一手或一腿偏癱，必須靠人攙扶或抱著的糟老頭來這裡嗎？」江口對女人說。

「請勿打聽其他客人的事。」

「可是，那種老人，接下來進入冬天很危險呢。萬一因為腦溢血或心臟病在這裡走了怎麼辦。」

「萬一真有那種事發生，這裡就完了。不過對客人來說那或許是安詳的死法。」女人冷淡地回答。

「屆時妳也脫不了責任喔。」

「是。」不知女人以前是幹哪一行的，神色文風不動。

被帶去二樓的房間後，一如往常。壁龕的紅葉山村圖終於換成了雪景圖。這幅肯定也是複製品。

女人一邊俐落地沖泡上等煎茶一邊說，

「您還是臨時才打電話來。之前的三個女孩您都不中意嗎？」

「不，三個甚至都太中意了。真的。」

「若是那樣，至少在兩三天之前先預約其中一個女孩就好了……您可真花心。」

「這樣不算是花心吧。對一個沉睡的女孩也算？對方不是一無所知嗎？找誰還不都一樣。」

「就算睡著了，畢竟還是活生生的女人。」

「有女孩問過昨晚的客人是怎樣的老人嗎？」

「這個按照規矩絕對不能說。這是我們這裡嚴格禁止的，所以您大可放心。」

「況且我記得妳曾經說過，對一個女孩太專情會造成困擾。關於這裡的『花心』，上次妳對我說過和我今晚對妳說的同樣的話，妳應該記得吧。結果今晚妳我的立場竟然顛倒過來了。真奇怪。這是因為妳終於露出了女人的本性嗎……？」

女人的薄唇邊上浮現嘲諷的笑意，

「您想必打從年輕時就讓不少女人傷過心吧。」

江口老人被女人突兀的轉移話題嚇了一跳，「沒那回事。開什麼玩笑。」

「瞧您激動的，真可疑。」

「如果我是妳說的那種男人，就不會來這種地方了。會來這裡的，說穿了都是對女人還有十足留戀的老人吧。是就算再怎麼懊悔掙扎，事到如今也無可挽回的老人。」

「誰知道呢。」女人的神色不變。

「上次來時，也曾稍微提過，這裡能夠容許老人的最大任性，到底是什麼？」

「這個嘛，就是讓女孩睡著。」

「不能給我和女孩一樣的安眠藥？」

「上次我不是拒絕過了。」

「那麼，老年人能做的最大惡事是什麼？」

「在這裡，沒有罪惡。」女人壓低年輕的聲音，像要警告江口似地說。

「沒有罪惡？」老人呢喃。女人黝黑的眼眸平靜無波。

「就算您想勒死女孩，也像扭嬰兒的手一樣容易……」

江口老人有點反感，「就算被勒死，也不會醒？」

「應該是。」

「那倒是很適合強迫殉情。」

「如果一個人自殺太寂寞時儘管吩咐。」

「比自殺更寂寞的時候呢……？」

「老人之中想必有吧。」女人還是很鎮定，「今晚您喝了酒嗎？說這麼奇怪的話。」

「我喝了比酒更壞的東西。」

女人終於偷窺江口老人一眼，但是似乎沒放在眼裡，

「今晚是個溫暖的女孩。這麼冷的夜晚，想必恰恰好。可以溫暖您。」說完就下樓去了。

江口打開密室的門，女人的甜香比平時更濃郁。女孩背對他睡著。雖然不算是打呼，但呼吸很沉。似乎是大塊頭。緋紅天鵝絨的映襯下無法確定，不過

濃密的秀髮好像有點偏紅褐色。豐厚的耳朵至粗脖子的肌膚異常白皙。女人說的沒錯，的確看起來很溫暖。可是臉孔卻沒那麼紅潤。老人從女孩背後鑽進被窩，

「啊！」他不由出聲感嘆。說她溫暖的確很溫暖，不過女孩的肌膚光滑彷彿有吸力。散發的氣息還帶點濕氣。江口老人閉上眼靜止片刻。女孩也沒動。腰部以下很豐滿。暖意與其說是滲透老人更像是籠罩老人。女孩的胸部也很豐滿，乳房偏低，很大，乳頭小得不可思議。剛才這家的女人提到「勒死」，想起那個，之所以為那樣的誘惑戰慄，是因為女孩的肌膚。如果勒緊脖子，這女孩的身體不知會散發怎樣的氣息。江口勉強在腦海描繪這女孩白天走路的醜陋姿勢，努力試圖擺脫惡念。總算稍微平靜下來了。然而女孩就算走路姿勢難看又怎樣。美腿姿態優雅又怎樣。他已是六十七歲的老人了，更何況與這女孩想必只有一夜之緣，她是聰明或愚笨，教養是高或低又怎樣呢？現在不也只是在碰觸這個女孩嗎？況且女孩陷入沉睡，壓根不知道又老又醜的江口在碰她吧。就算到了明天也不會知道。女孩究竟純屬玩物，還是祭品呢？江口老人來這家

不過第四次，但是隨著次數增加，今晚尤其感到自己的內心也日漸麻木。

今晚的女孩也被這家調教得很老練嗎？不知是否已經不把可悲的老人們當一回事，女人對江口的碰觸毫無反應。無論是怎樣非人的世界也會因習慣成為人的世界。各種悖德行為藏在社會的黑暗中。但江口和來這裡的老人們略有不同。甚至可以說截然不同。介紹他來這裡的木賀老人以為江口和自己這些人一樣，但他猜錯了，江口尚未失去男性雄風。因此，也可以說江口並未痛切了解來此地的老人們真正的悲傷與喜悅，或者說憾恨與寂寞。對江口而言，女孩的沉睡不醒不見得是必要的。

比方說，第二次來這裡的那晚，面對那宛若妖女的女孩，江口差點壞了規矩，發現對方是處女後嚇了一跳這才壓抑自己。之後他發誓要遵守這裡的規矩，或者說維護「睡美人」們的安心。他發誓不破壞老人們的祕密。不過話說回來，這家似乎只找處女來，究竟是什麼用心呢？抑或是老人堪稱可憐的心願？江口覺得好像能理解，又覺得糊塗。

不過今晚的女孩很可疑。江口老人無法相信。老人挺胸，把胸部壓在女孩的肩頭，眺望女孩的臉。一如身形，女孩的臉蛋也不夠勻稱。不過意外地純真。鼻子下方略寬，鼻梁低矮。臉頰又圓又大。髮際線較低，有美人尖。短短的眉毛濃密很普通。

「真可愛。」老人呢喃。把臉貼著女孩的臉。臉頰也很光滑。女孩或許是覺得肩膀沉重，翻身變成仰臥。江口抽身退開。

老人保持那姿勢瞑目片刻。一方面也是因為女孩的氣息格外濃郁。據說在這世上沒有比氣味更能夠喚起過往記憶的東西，但那氣味似乎太甜蜜馥郁了。只讓他想起嬰兒的奶香。兩種氣味截然不同，卻是人性某種根源的氣味嗎？自古以來就有老人想用少女的體香做長生不老的靈藥。這個女孩的氣味好像不是那麼芬芳。江口老人如果在這女孩身上觸犯禁忌，只會有討厭的腥臭味。但是那種想法或許是江口也已老朽的徵兆？這個女孩的濃郁氣息，以及腥味，不正是人類誕生的本源嗎？這女孩應該很容易受孕。即使陷入沉睡，生理機能並未停止，明天總會醒來吧。就算懷孕了，女孩仍會是一頭霧水。江口老人也六十七歲了，在世上留下一個這樣的孩子又會怎樣呢。把男人誘往「魔界」的似乎是女體。

但是女孩已徹底失去所有防禦。為了年老的客人，為了可悲的老人。一絲不掛，絕不會醒。江口自己也覺得丟臉，好像心理有病，他不自覺地呢喃，老人會死，年輕人會戀愛，死亡只有一次，戀愛卻有多次啊。雖是不自覺脫口而出，但那讓江口平靜下來。況且本來也沒有太激動。屋外隱約有雨雪交加的聲音。濤聲似乎也消失了。老人彷彿看見雨雪飄落融化在海中，那是黑暗遼闊的海。一隻貌似巨鷹的猛禽叼著滴血的東西，緊貼漆黑的海浪四處盤旋。那該不會是人類的嬰兒吧？不可能。如此說來，那是人類的悖德幻影嗎？江口在枕上微微甩頭抹消幻影。

「啊，真暖和。」江口老人說。不只是因為電毯。女孩扯下被子，半露出雖然寬闊豐滿卻略顯平坦的胸脯。雪白的肌膚隱約映現緋紅天鵝絨的色彩。老人望著那美麗的胸脯，用一根手指的指尖沿著她的美人尖描摹。女孩變成仰臥後，一直保持沉靜悠長的呼吸。嬌小的唇內，不知有怎樣的牙齒。江口捏住她的下唇中央稍微掰開看。不像櫻唇小嘴那麼小，不過牙齒還算細小整齊。老人鬆開手，女孩並未像原先那樣閉緊雙唇。依然微露貝齒。江口老人被口紅染色的指尖，捏著女孩肥厚的耳垂搓揉，又把殘餘的口紅抹在女孩的粗脖子上。雪白的脖子沾上若有似無的一道紅線很可愛。

江口想，這果然也是個處女吧。在這裡的第二晚那個女孩，令江口起疑，對自己的貪婪震驚又懊悔，因此無意去檢查。反正不管怎樣，對江口老人而言那又算什麼呢。不，當老人覺得未必如此時，似乎在自己的內心聽見嘲笑自己的聲音。

「想嘲笑我的，是惡魔嗎？」

「惡魔才不會那麼客氣。你只不過是把自己倖存的感傷或憧憬想得太誇張了。」

「不，我不是為自己，我只是想站在那些可悲老人的立場思考而已。」

「哼。悖德者還好意思說。拿別人當藉口的傢伙是最卑鄙的悖德者。」

「你說我是悖德者？就算是吧。不過，憑什麼處女就是純潔的，不是處女就不純潔？我來到這裡，根本沒有期望對方是處女。」

「那是因為你還不知道真正的糟老頭的憧憬。你別再來了。萬一，我是說萬一喔，就算女孩真的在半夜醒來，不覺得老人也沒什麼好羞愧的嗎？」

江口的腦海浮現這樣的自問自答，不過，當然不可能只為那種事就讓處女一直沉睡。江口雖然才來第四次，但是女孩都是處女這點令他狐疑。這真的是老人們的希望和心願嗎？

可是，剛才萌生的「女孩如果醒了」這個想法，強烈地誘惑江口。沉睡的女孩需要多大的刺激，以及怎樣的刺激，才會醒來呢——哪怕醒來時仍意識朦朧。比方說一隻手臂被砍斷，胸部或腹部被深深捅上一刀，那樣她總不可能再繼續昏睡了吧。

「想法越來越邪惡了。」江口老人對自己嘟噥。或許來這裡的老人們那種無力，距離江口也已不遠了。殘虐的惡念萌生。索性破壞這種地方，也讓自己的人生破滅算了！可是，那似乎是因為今晚沉睡的女孩不是所謂的大美女而是可愛的小美人，露出雪白寬闊的胸脯很有親切感。倒像是懺悔心的逆反表現。看似以怯懦告終的人生也有懺悔。自己或許連一同看椿寺散茶花的小女兒那種勇氣都沒有。江口老人閉上眼。

——院子的踏腳石旁修剪過的低矮樹叢有兩隻蝴蝶嬉戲。時而躲入樹叢，時而掠過樹叢，看起來很快樂。兩隻蝴蝶飛到樹叢略上方輕盈交錯時，樹叢的葉子之間又出現一隻，然後又一隻。正猜想或許是兩對夫妻時，第五隻加入打亂了隊伍。看著他們似在爭鬥之際，樹叢中又陸續飛起更多蝴蝶，院子成了一群白蝶飛舞。蝴蝶飛得都不高。楓樹垂落的婆娑枝椏，在若有似無的風中晃動。楓樹的枝椏前端纖細卻綴有大片葉子，因此招風。成群白蝶如白色花海般數量越來越多。如果光看楓樹的地方，這個幻影和這「睡美人」之家有關嗎？幻影中的楓葉發黃變紅，襯托蝶群的白色更鮮明。但這家的楓葉早已落盡——或許還有少許枯葉掛在枝頭，卻已是雨雪霏霏。

江口完全忘記外面的雨雪有多冷。如此看來成群白蝶飛舞的幻影，或許是因為女孩在身旁袒露雪白豐滿的胸脯？這個女孩身上是否有某種東西能夠趕走老人的惡念？江口老人睜開眼。眺望寬闊胸脯的粉紅色小乳頭。那似乎是善良的象徵。他把一邊臉頰貼上女孩的酥胸。眼皮裡面似乎都熱了起來。老人想在這女孩身上留下自己的印記。如果打破這家的禁忌，女孩醒來後肯定會苦惱。江口老人在女孩胸脯留下幾個滲出血色的痕跡，不由戰慄。

「會冷喔。」他把被子拉高。老實吃下枕畔每次都會準備的兩顆安眠藥，「好重，胖乎乎的。」江口抬手抱住她讓她轉過身來。

隔天早上，江口老人兩次被這家的女人喚醒。第一次，女人是砰砰拍打著杉木門說，

「先生，已經九點囉。」

「嗯，我醒了。馬上起來。那邊的房間很冷吧。」

「我已經生好暖爐了。」

「還有雨雪嗎？」

「已經停了。但是天色陰沉。」

「是嗎。」

「早餐老早就已備妥了。」

「嗯。」老人含糊回應，又昏昏沉沉地閉上眼。貼近女孩無與倫比的肌膚

說，「簡直像地獄惡鬼來催魂。」

之後不到十分鐘，女人又來了。

「先生。」她用力敲杉木門，「您又睡著了嗎？」她的聲音尖銳。

「門沒鎖。」江口說。女人走進來。老人懶洋洋地爬起來。女人伺候神色恍惚的江口更衣，連襪子都替他穿上，但是動作惱人。去了隔壁房間後，女人一如往常俐落地泡茶給他。但是江口老人邊品嚐邊慢慢喝茶，女人卻投來冰冷懷疑的白眼，

「昨晚的女孩，看來您特別喜歡啊？」

「噢，還好。」

「那就好。做了美夢嗎？」

「夢？什麼夢都沒做。呼呼大睡。最近已經很久沒這樣熟睡過了。」江口作勢要打呵欠，「我還沒徹底清醒呢。」

「昨天想必很累吧。」

「大概是那女孩的關係。她很受歡迎？」

女人低頭板著臉。

「我有件事想拜託妳。」江口老人鄭重地說。「早餐後，能否再給我一次那種安眠藥？拜託。我會給妳謝禮。雖不知那女孩什麼時候會醒……」

「開什麼玩笑。」女人青黑色的臉頓時面如土色，連肩膀都繃緊了，「您在胡說什麼。忍耐是有限度的。」

「限度？」老人想笑卻笑不出來。

女人或許懷疑江口對女孩做了什麼，匆忙起身去了隔壁房間。

之五

過了正月，波濤洶湧，是寒冬的聲響。陸地倒沒有那麼大的風。

「哎喲，這麼冷的晚上歡迎您來……」「睡美人」之家的女人打開門鎖迎接他。

「不就是因為怕冷才來嗎。」江口老人說。「這麼冷的夜晚如果能在年輕肌膚的溫暖下猝死，豈不是老人最幸福的死法。」

「您說話真不吉利。」

「老人本就與死亡為鄰。」

二樓每次去的那個房間，已經生妥暖爐。女人也一如既往地沖泡上等煎茶招待。

「感覺好像有冷風從縫隙鑽進來。」江口說。

「啥？」女人環視四周，「沒有縫隙啊。」

「該不會是屋裡有鬼吧。」

女人肩膀一抖，看著老人。嚇得花容失色。

「再給我一杯茶好嗎。不用放涼。我要趁熱灌下。」老人說。

女人聽命行事，一邊用冷漠的聲調說，「您是不是聽說了什麼？」

「嗯，對啊。」

「這樣啊。您都聽說了還敢來？」女人或許察覺江口已經知情，似乎決定不再勉強隱瞞，但她的臉色實在很難看。

「感謝您特地光臨，但您還是請回吧。」

「我是知情才來的，何必趕我走。」

「呵呵呵……」若說是惡魔的笑聲還真有那種味道。

「反正遲早總會發生那種事。冬天對老人本就危險……。這裡不如也趁冬天歇業？」

「……」

「我不知道是什麼樣的老年人來，不過如果再有第二、第三個人死掉，妳應該也不好收拾吧。」

「那種事請對老闆說。我有什麼罪？」女人依然面如土色。

「當然有罪。不是趁著夜黑風高，偷偷把老人的屍體搬去附近的溫泉旅館嗎……妳肯定也有幫忙。」

女人雙手抓著膝蓋，渾身緊繃，

「這是為了那個老人的名譽。」

「名譽？死人還有什麼名譽可言。想必也是顧忌社會眼光吧。與其說為了死去的老人，不如說是為了死者家屬吧。雖然這種事很無聊……那家溫泉旅館和這裡是同一個老闆？」

女人沒回答。

「雖然那個老人是在這裡死於裸體女孩身旁，但我想報紙應該不至於揭露到那種地步。如果我是那個老人，我倒覺得屍體不用抬出去，就待在這裡反而更幸福。」

「想必還有驗屍之類的麻煩調查，而且房間也有點變化，所以也可能給其他常客造成困擾。對陪睡的女孩們也是……」

「女孩不知老人已死還在繼續睡覺吧。就算死人當時略有掙扎她也不會醒。」

「對，那倒是……不過，老年人如果在這裡過世，還得把女孩子抬出去，找個地方藏起來才行。就算這樣做，恐怕也會讓人根據蛛絲馬跡發現死者身旁有女人。」

「怎麼，要讓女孩撇清關係嗎？」

「不然豈不是成了明顯的犯罪。」

「就算老人屍身發冷，女孩也不會醒吧。」

「是的。」

「身旁有老人死去，女孩卻完全不知情。」江口又說了一次同樣的話。那個老人死後，不知過了多久，沉睡的女孩就那樣熱呼呼地依偎著冰冷的屍體。屍體抬走時女孩也毫無所知。

「我的血壓和心臟都沒問題所以不用擔心，就算真有個萬一，能不能別把我抬去什麼溫泉旅館，就讓我留在女孩身旁不行嗎？」

「那怎麼行！」女人很驚慌，「如果您要這麼說，那您還是請回吧。」

「我是開玩笑啦。」江口老人笑了。就像他對女人說的，他並不認為自己面臨猝死的危機。

儘管如此，死於此地的老人，在報紙上刊登的訃聞只寫著「猝死」。江口在殯儀館見到木賀老人，對方附耳告訴他詳情，他這才知道是死於心絞痛，「那家溫泉旅館，不是那人會住的旅館。他另有固定投宿的旅館。」木賀老人對江口老人說。「所以，也有人私下說，福良常董該不會是安樂死吧。當然，那些人根本不了解內情。」

「嗯。」

「或許類似安樂死，但應該不算是真正的安樂死，想必也比安樂死痛苦。我和福良常董關係比較親近，多少猜到了，所以立刻去打聽了一下。不過，我沒告訴任何人。他的家屬也不知情。那個報紙訃聞挺有意思的吧。」

報紙並排刊出二則訃聞。開頭是福良的嗣子與妻子署名。其次是以公司的名義刊登。

「因為福良就是這樣。」木賀比出粗脖子、大胸脯，尤其是大肚子的架勢給江口看。「你最好也小心點。」

「我還不用擔心那個。」

「總而言之，福良那魁梧的屍體，就在半夜送去溫泉旅館了。」

是誰送去的呢？當然肯定是用車子運送，但江口老人還是覺得相當毛骨悚然。

「這次的事雖然好像沒有張揚開來，但有了這種事，我想那家恐怕也開不久了。」木賀老人在殯儀館悄聲說。

「大概吧。」江口老人回答。

今晚，女人估計江口已知道福良老人的事，所以沒有刻意隱瞞，卻還是時刻提防著。

「那女孩真的毫不知情嗎？」江口老人對女人提出惡意的問題。

「她當然不可能知道，不過老人當時似乎有點痛苦，女孩的脖子至胸部一帶都有抓傷。她什麼都不知情，所以隔天醒來，還說是個噁心的老頭。」

「噁心的老頭啊。即便那是臨死的痛苦掙扎。」

「其實也不算有什麼傷口。只是有些地方滲血，有點紅腫而已……」

女人對江口老人似乎已經無話不說。如此一來，江口反而失去打聽的興致。想必只不過是個遲早都會在哪猝死的老人。或許這下子反倒如願得到幸福的猝死。不過，唯有木賀說當時是把大塊頭死者送去溫泉旅館這件事，刺激江口的想像，「糟老頭的死很醜陋。不過，或許近似幸福的往生吧……不不不，那個老人肯定會墜入魔界。」

「……」

「陪他睡覺的是我也見過的女孩？」

「這個無可奉告。」

「嗯——」

「女孩的脖子到胸部還留著一條條紅腫痕跡，所以我讓她休息到抓痕完全消失再說……」

「可以再給我一杯茶嗎？口好乾。」

「好。給您換點茶葉吧。」

「發生了這種事，就算事情祕密解決了，這裡恐怕也開不久了。妳不覺得嗎？」

「或許吧。」女人從容不迫地說著，也沒抬頭，逕自泡茶。

「先生，今晚說不定有鬼出現喔。」

「我倒想和鬼好好聊一聊。」

「聊什麼？」

「關於男人可悲的老年。」

「我是在開玩笑啦。」

老人啜飲美味的煎茶。

「我知道是開玩笑，但我心裡也有鬼。妳心裡也有吧。」江口老人伸出右手指著女人。

「不過，妳是怎麼發現那個老人死掉的？」江口問。

「我覺得好像聽見奇怪的呻吟，就上二樓查看。結果那人的脈搏和呼吸都停止了。」

「女孩不知道吧。」老人再次說。

「給女孩吃的藥讓她不可能因為這點事情就醒來。」

「這點事情……？那她連老人的屍體被抬出去都不知道囉？」

「是的。」

「那她最厲害。」

「這有什麼厲害的。您也別說這種廢話了，快去隔壁吧。之前您會覺得睡著的女孩子厲害嗎？」

「女孩的青春，對老人來說或許就夠厲害了。」

「真不知道您在說什麼……」女人露出淺笑站起來，稍微拉開通往鄰室的杉木門，「人家已經睡熟了在等您，請吧……這是鑰匙。」說著從腰帶之間取出鑰匙給他。

「對了對了，差點忘了說，今晚有兩人。」

「兩人？」

江口老人很驚訝，他猜想或許是因為女孩們也得知了福良老人的猝死。

「請吧。」女人說畢就走了。

打開杉木門的江口，已經沒有第一次那麼強烈的好奇和羞恥了，但他還是暗自稱奇。

「這也是見習生嗎？」

但是和上次見習的「小女孩」不同，這次的女孩看起來很野蠻。那種野蠻的模樣幾乎讓江口忘記福良老人之死。兩人靠在一起，那女孩就睡在靠近這入口之處。不知是不習慣電毯這種老年人用的東西，抑或是體內火力旺盛連寒冷的冬夜也不怕，女孩把被子扯下只蓋到心窩處。這大概就是所謂的大字型睡姿吧。仰臥的女孩將雙臂盡情張開。乳暈很大，是紫黑色的。天花板的燈光映著緋紅天鵝絨的色澤，乳暈的顏色不大好看，脖子至胸部的膚色也不算美。但是泛著烏光。似乎有輕微的狐臭。

「這就是生命本身吧。」江口呢喃。這樣的女孩，為六十七歲的老人注入生氣。江口有點懷疑這女孩不是日本人。乳房雖大，乳頭卻未凸起，證明她才十幾歲。身材不算胖，很結實。

「嗯——」老人拉起她的手看，手指修長，指甲也很長。身體想必也像這年頭的孩子一樣修長。不知會發出什麼樣的聲音，說出什麼樣的話？江口喜歡廣播和電視節目裡某些女人的聲音，碰上那種女演員出現時，他就會閉著眼只聽聲音。想聽這個沉睡女孩聲音的誘惑越發強烈。絕對不會醒的女孩當然不可能正常說話。怎樣才能讓她說句夢話呢？不過說夢話的聲音和平常不同。況且，女人通常能發出好幾種聲調，但這女人恐怕只有一種聲調吧。從睡姿看來也毫不文雅頗為豪放。

江口老人坐著，把玩女孩的長指甲。指甲原來這麼硬嗎？這就是健康年輕的指甲嗎？指甲底下的血色充滿蓬勃生氣。之前都沒注意到，女孩戴了一條細如絲線的金項鍊。老人為之莞爾。這麼冷的夜晚她竟把整個胸脯露在外面，額頭的髮際線好像還有點冒汗。江口從口袋掏出手帕替她擦汗。手帕沾上濃烈的氣息。他也替女孩擦了腋下。這種手帕不能帶回家，所以他揉成一團扔到房間角落。

「咦，塗了口紅。」江口嘀咕。或許是理所當然，但出現在這女孩身上，同樣也有點令人莞爾，江口老人打量片刻，

「做過兔唇手術吧。」

老人把扔掉的手帕又撿回來，擦拭女孩的嘴唇。沒有兔唇手術的痕跡。只有上唇中央高高隆起，富士山型的線條清晰又漂亮。看起來出乎意料地楚楚可憐。

江口老人驀然想起四十多年前的接吻。當時站在女孩面前輕輕把手搭在對方肩上的江口，不意間湊近雙唇。女孩扭開臉左閃右躲。

「不要不要，我不要。」她說。

「好了，親完了。」

「我不要。」

江口抹一抹自己的嘴唇，把沾上微紅的手帕給對方看。

「不是親了嗎，妳看……」

女孩接過手帕打量，默默塞進自己的手提包。

「我才沒有。」女孩低頭，含淚不發一語。就此再也沒見面。——女孩不知怎麼處理那條手帕。不，手帕倒在其次，重點是四十幾年後的今天，那個女孩是否還活著。

江口老人在看到沉睡女孩上唇漂亮的山形線條之前，不知已忘記那個昔日女孩多少年了。如果把手帕放在沉睡女孩的枕畔，上面沾了口紅，而且她自己的口紅也掉了色，等她醒來時，是否會覺得果然被偷吻了？當然在這個房子裡，接吻想必是客人的自由。不是禁忌。就算再無能的糟老頭也能接吻。只不過女孩絕不閃躲，也絕不知情罷了。沉睡的嘴唇冰冷，或許還有點潮濕。心愛女子屍體的嘴唇或許更能傳達感情的戰慄。江口想到來這裡的那些老人悲慘的衰老，更提不起那種慾望了。

然而，今晚這女孩罕見的唇形略微刺激了江口老人。老人暗嘆原來也有這樣的嘴唇，用小指的指尖輕觸女孩的上唇中央。很乾燥。表皮好像也很厚。不過女孩開始舔唇，直到完全濕潤才停。江口把手指收回來。

「這女孩睡著也能接吻嗎。」

但老人只是稍微撫摸女孩耳邊的頭髮。頭髮粗硬。老人起身換衣服。

「就算再怎麼健康，這樣也會感冒喔。」江口把女孩的手臂放回被子裡，把被子替她拉高到胸脯上方。然後靠過去。女孩朝他這邊轉身，

「嗯——」她伸出雙臂用力一推。老人輕易被推出被窩。那太滑稽，令他笑不可抑。

「原來如此，真是勇猛的見習生。」

女孩陷入絕不會醒的沉睡，身體想必麻痺了，所以可以任人擺布，但江口老人早已喪失全力去制服這種女孩的氣勢。抑或是已遺忘太久。那要從溫柔的情慾和溫順的服從著手進入。要從女人的親密感進入。已經不必再為冒險與鬥爭氣喘吁吁了。剛才被沉睡的女孩意外推出被窩，老人雖然失笑，也不免想起那些，

「果然是年紀大了。」他嘀咕。他其實還沒有來這裡的老人們那樣的資格

造訪。但是自己殘留的男性雄風恐怕也來日不多了？令他異常迫切這麼想的，也許是肌膚黝黑發亮的女孩吧。

對這樣的女孩動粗，似乎可以喚醒青春。江口對「睡美人」之家也有點厭倦了。雖感厭倦，來的次數反而增多。心頭的騷動，慫恿著江口對這個女孩動粗，破壞這家的禁忌，戳破老人們醜陋的祕密極樂，藉此和這裡訣別。但是其實不需要暴力和強制。沉睡女孩的身體想必不會反抗。即使要勒死女孩想必也是輕而易舉。江口老人忽然洩了氣，只有黑暗的虛無蔓延。附近的浪濤聲聽來遙遠。多少也是因為陸地上無風。老人想到黑暗大海的暗夜底層。江口支起一隻手肘，把臉湊近女孩的臉。女孩忽然長呼一口氣。老人打消接吻的意圖，放平手肘。

江口老人保持被黑膚女孩推出被窩的姿勢，因此胸部也露了出來。他鑽進身旁另一個女孩的被窩。本來背對他的女孩朝他這邊扭身。雖然沉睡也像在迎接他，是個溫婉嫵媚的女孩。一手放在老人的腰部。

「這倒是配合得很好。」老人把玩女孩的手指，一邊閉上眼。女孩骨骼纖細的手指修長柔韌，像是怎麼折也折不斷。江口甚至想將之放進嘴裡。乳房雖小卻渾圓高挺，整個納入江口老人的掌心。腰部的圓潤也是那種形狀。女人真是有無限風情啊，老人不禁有點感傷，隨即睜開眼。女孩的脖子修長，而且纖細美麗。雖是細長身子卻沒有那種日式的古典氣質。閉著的眼睛有雙眼皮，但是線條很淺，睜開眼時或許是單眼皮。也說不定有時是單眼皮有時是雙眼皮。也可能一隻眼是雙眼皮另一隻眼是單眼皮。在房間四面天鵝絨的映襯下，無法確定膚色，不過臉孔略顯小麥色，脖子白皙，脖子根好像也帶點小麥色，胸脯白得耀眼。

黝黑發亮的女孩看得出個子高䠷，這個女孩想必也是。江口用腳尖摸索。先碰到的是黝黑女孩表皮又厚又硬的腳底。而且是油膩的汗腳。老人連忙縮回腳，但那反而形成誘惑。江口忽然閃過一個念頭：福良老人據說是死於心絞痛，當時陪睡的該不會就是這個黝黑的女孩，所以今晚才讓兩個女孩一起陪睡？

但那不可能。不是才剛聽這家的女人說過，福良老人臨死前的掙扎，在陪睡女孩的脖子至胸部之間留下抓痕，所以讓女孩暫時休息直到抓痕消失。江口老人再次用腳尖碰觸女孩表皮粗厚的腳底，逐漸向上摸索黝黑的肌膚。

彷彿有股「請賜給我生命的魔力吧」的戰慄傳來。女孩把被子——主要是被子底下的電毯踢開。一隻腿露在外面張開。老人想把女孩的身體推到寒冬的榻榻米上，一邊望著她的胸腹之間。他把耳朵貼在心臟上方聆聽女孩的心跳。本以為心跳聲必定強勁有力，沒想到竟然低微可愛。而且還有點紊亂。也許是老人的耳朵有問題。

「這樣會感冒喔。」江口拿被子蓋住女孩的身體，把女孩那邊的電毯開關關掉。他逐漸覺得女人的生命魔力根本不算什麼。不知掐女孩的脖子會怎樣。看起來很脆弱。連老人也能輕易做到。江口拿手帕擦拭剛才把耳朵貼在女孩胸部的那半邊臉頰。似乎沾到了女孩肌膚出的油。女孩的心跳聲也留在耳朵深處。老人把手放在自己的心臟上。或許是因為自己摸自己，心跳似乎比女孩的更有力。

江口老人背對黝黑女孩，翻身面對溫柔的女孩。形狀勻稱優美的鼻子優雅映現在老人的老花眼中。躺著的脖子纖細美麗又修長，令人忍不住將手臂伸到那脖子底下把人摟進懷裡。脖子隨著柔軟的移動散發甜美的氣息。那和背後的黝黑女孩野性強烈的氣味混在一起。老人緊貼著白皙女孩。女孩的呼吸變得短促。但是沒有醒來的跡象。江口保持那個姿勢靜止片刻。

「會原諒我嗎。作為我一生中最後的女人……」身後的黝黑女孩似乎在煽動他。老人的手伸過去摸索。那裡也和女孩的乳房一樣。

「冷靜。聽著冬天的濤聲冷靜下來。」江口老人努力按捺心情。

「女孩麻痺似地陷入沉睡。被人灌下毒藥或強效藥物。」為了什麼？「還不是為了錢。」這麼一想老人有點遲疑。就算知道女人各不相同，但是這女孩真有特別到讓他非要侵犯對方，給這女孩留下一生的悲痛，永不平復的傷痕嗎？六十七歲的江口可以說已經覺得女人的身體全都千篇一律了。而且這女孩乖順得不會反抗也不會回應。和屍體唯一的差別只在於還流著熱血，還會呼吸。不，等到明天活生生的女孩會醒，和屍體不是有這麼大的差別嗎？但是女孩沒有愛也沒有羞恥更沒有戰慄。醒來之後只會留下悔恨。她連被誰奪走貞操都不可能知道。大概只會猜到是一個老人吧。女孩想必也不會告訴這家的女人。就算他打破這個老人之家的禁忌，女孩肯定也會隱瞞到底，所以除了女孩之外想必不會有任何人知道。溫柔的女孩肌膚緊貼著江口。把自己這半邊的電毯關掉後或許會冷，黝黑女孩的肌膚也從背後朝老人貼過來。一隻腿連同白皙女孩的腿一起勾住。江口毋寧感到滑稽，渾身脫力。他摸索著拿來枕畔的安眠藥。被兩人夾在中間，連手都無法自由活動。他把手掌放在白皙女孩的額頭，眺望一如往常的白色藥丸。

「今晚就不吃藥試試吧。」他喃喃自語。藥效顯然有點強。不用多久就會陷入昏睡。這家的老年客人們真的都聽女人的吩咐老實吃下這種藥嗎？江口老人頭一次起了疑心。不過，如果有人捨不得睡覺沒吃安眠藥，那豈不是在老醜之上更加老醜？江口自認尚未加入那種老醜的隊伍。今晚他也吃了藥。他想起曾說過想要和女孩一樣的藥物。當時女人回答「對老人太危險」。因此他沒有再強求。

然而，「危險」是指會在睡夢中就這麼死掉嗎？江口只不過是個境遇平庸的老人，但既然身而為人，有時難免會陷入孤獨的空虛、寂寞的厭世。這裡不就是難得的死亡場所嗎？激起人們的好奇心，承受世人的抨擊，毋寧也等於是死得轟轟烈烈吧。認識死者的人想必會吃驚。雖然不知死者家屬會受到多大的傷害，但假設能像今晚這樣睡在兩個年輕女孩之間死去，豈不是老殘之身求仁得仁。不，那不行。像福良老人那樣屍體從這裡搬去廉價的溫泉旅館，八成會被當成在那裡服藥自殺。因為沒有遺書也不知道原因，大概會被當作老後空虛寂寞就此蓋棺定論。可以想見這家的女人又會浮現那種鄙薄的淺笑。

「這是什麼愚蠢的妄想。真不吉利。」

江口老人笑了，但似乎不是開朗的笑。安眠藥已經有點發作了。

「好，把那女人叫起來，討來和女孩一樣的藥物吧。」他嘟噥。但女人不可能給。而且江口也懶得起床，更提不起那個勁。老人仰臥著伸出雙臂抱著兩個女孩的脖子。一個是乖巧溫柔芳香的脖子，一個是皮膚粗硬油膩的脖子。某種東西從老人內在噴湧而出。老人望著右邊與左邊的緋紅布幔。

「啊。」

「啊！」像在回答他似地出聲的是黝黑女孩。黝黑女孩的手頂著江口的胸部。是不舒服嗎？江口放鬆一隻手，背對黝黑女孩。另一隻手也伸向白皙女孩，摟住她的腰窩。然後閉上眼。

「一生最後的女人嗎。為何是最後的女人，就算是萍水相逢……」江口老人想。「那麼，自己的第一個女人又是誰？」老人的腦子與其說倦怠，毋寧是昏沉。

第一個女人「是母親」。江口老人閃過這個念頭。「除了母親還能有誰。」冒出的答案完全出乎意料。「母親是自己的女人？」而且六十七歲的現在，躺在兩個裸體女孩之間，那個真相頭一次在不意間自內心的最深處湧現。是冒瀆還是憧憬？江口老人像要揮開惡夢般睜眼，頻頻眨眼。但是安眠藥已經發揮作用，難以清醒，頭似乎也開始出現鈍痛。他昏昏沉沉試圖追憶母親的面影，卻只能嘆口氣，把掌心放在左右兩側的女孩乳房上。一個柔滑，一個油膩，老人就此閉眼。

母親在江口十七歲那年的冬夜死去。當時父親和江口分別握著母親的左右手。長期受結核病折磨的母親，手已經瘦得皮包骨，握力卻強得令江口的手指疼痛。手指的冰冷甚至滲入江口的肩頭。本來替母親摩挲雙腳的護士悄然起身離開。大概是去打電話給醫生。

「由夫，由夫……」母親斷斷續續喊道。江口立刻察覺，溫柔撫摸母親喘息的胸口，頓時母親吐出大量鮮血。血也從鼻子汩汩溢出。母親就此斷氣。枕畔的紗布和手巾都擦不淨那些血。

「由夫，用你的內衣袖子擦。」父親說，「護士小姐，護士小姐，拿臉盆和水來……。嗯，對了，還要新的枕頭，睡衣，還有床單……」

江口老人一旦想到「第一個女人是母親」，會浮現母親那樣的死狀也是理所當然。

「啊！」江口覺得圍繞密室的緋紅布幔就像鮮血的顏色。即使緊閉眼皮，眼內的紅色似乎還是不會消失。而且安眠藥讓腦子意識不清。雙掌還放在兩個女孩清純的乳房上。老人的良心和理性的抵抗也半已麻痺，眼角似乎含著淚水。

「在這種地方，怎會覺得母親是第一個女人呢？」江口老人狐疑。不過，若把母親視為第一個女人，自然不可能想起後來逢場作戲的女人。而且事實上他的第一個女人應該是妻子。若是這樣就好了，但是已把三個女兒嫁出去的老妻在這寒冷的冬夜孤枕獨眠。不，也許還睡不著吧。雖然沒有這裡這樣的濤聲，但是夜裡或許比這裡更冷。老人思忖自己掌下的兩個乳房算什麼。他們在自己死後也會留著溫熱的血液活下去。可是那是什麼呢？老人的手使出倦怠的力量抓住。女孩們的乳房也陷入沉睡毫無反應。江口在母親臨終撫摸她的胸口時，當然也曾碰觸母親衰頹的乳房。當時根本感覺不出那是乳房。現在也想不起來。能夠想起的，是摸著年輕時的母親乳房睡去的幼年。

江口老人終於陷入睡意，為了擺個好睡的姿勢，他把手從兩個女孩的胸部收回。身體對著黝黑女孩那邊。因為那女孩的氣味強烈。女孩的呼吸粗重地噴到江口的臉上。女孩略微啟唇。

「咦，有可愛的虎牙。」老人伸指捏那顆虎牙。牙齒明明很大，偏那顆虎牙小巧。如果沒有女孩的呼吸噴來，江口說不定會親吻那顆虎牙。但是女孩粗重的呼吸干擾老人的睡意，於是他翻個身。但女孩的呼吸還是噴在江口的脖子上。雖非打鼾，但呼吸似乎呼嚕作響。江口縮起脖子，順勢把額頭貼在白皙女孩的臉頰。白皙女孩或許是在蹙眉，看起來卻像微笑。他很在意身後碰觸到的那個油性肌膚的女孩。冰冷潮濕。江口老人睡著了。

或許是被兩個女孩夾在中間睡不好，江口老人不斷做惡夢。雖然毫無連貫，卻是噁心的春夢。而且夢境最後，江口夢見自己結束蜜月旅行回到家，只見紅色大麗花似的花朵怒放，幾乎淹沒房子。江口懷疑那不是自己的家，遲疑著不敢進去。

「哎喲，你回來了。站在那種地方幹嘛。」本該早已過世的母親出來迎接他。「新娘子害羞了？」

「媽，這些花是怎麼回事？」

「這個嘛。」母親慢條斯裡。「快進來吧。」

「好。我剛剛還以為走錯家門了。雖然知道不可能走錯，可是這麼多的花……」

客廳擺滿歡迎新婚夫妻的慶祝大餐。母親接受新娘的問候之後，去廚房熱湯了。也有烤鯛魚的香味。江口去走廊看花。新婚妻子也跟來了。

「哇，好漂亮的花。」她說。

「嗯。」江口為了避免嚇到新婚妻子，所以沒有說出「我家本來沒有這種花……」。江口凝視花叢中的大朵花，只見一片花瓣落下一滴紅色水滴。

「啊？」

江口老人醒了。他搖搖頭，安眠藥令他意識恍惚。他翻身面對黝黑女孩。女孩的身體冰冷。老人悚然一驚。女孩沒有呼吸。把手放到她的心臟一摸，心跳也停了。江口猛然跳起。腳步踉蹌地摔倒。他抖抖索索走到隔壁房間。四下一看，壁龕旁有呼叫鈴。他用力按鈴按了許久。樓梯響起腳步聲。

「該不會是睡著時無意識掐住女孩的脖子吧。」

老人又爬回來，看著女孩的脖子。

「出了什麼事？」這家的女人進來了。

「這女孩死了。」江口的牙根抖得合不攏。女人很鎮定，揉著眼睛說，

「死了？怎麼可能。」
「真的死了。呼吸都停了。也沒有脈搏。」
女人這才臉色一變，跪在黝黑女孩的枕畔。
「死了吧？」
「……」女人掀開被子檢查女孩。「先生，您對她做了什麼嗎？」
「我什麼也沒做。」
「她沒死。您什麼都不用擔心……」女人努力保持冷靜淡漠地說。
「死了啦。快點叫醫生。」
「……」
「妳到底給她吃了什麼藥。或許她的體質異於常人。」
「請您不要大聲張揚。反正絕對不會給您添麻煩……我們也不會說出您的名字……」
「她死了。」
「應該不會死吧。」

「現在幾點？」

「四點多。」

女人抱起赤裸的黝黑女孩腳步踉蹌。

「我來幫忙吧。」

「用不著。樓下還有男人幫忙……」

「那女孩很重吧。」

「這個就用不著您多操心了，請好好休息。不是還有另一個女孩嗎。」

「還有另一個女孩」這種說法，比什麼都刺傷江口老人。的確，隔壁房間還有白皙女孩在。

「我怎麼可能睡得著。」江口老人的聲音說是憤怒，也添加了膽怯與恐懼。「我要回去了。」

「您可別走。如果現在您自己離開這裡，萬一被懷疑就糟了……」

「這樣怎麼可能睡得著。」

「我再拿一次藥給您。」

女人下樓走到一半就傳來拖動黝黑女孩的聲音。老人只穿著一件浴衣，這才發現寒氣逼人。女人很快拿著白色藥丸上來了。

「來。吃了這個您可以好好休息到明天早上。」

「是嗎。」老人拉開通往隔壁房間的門，剛才驚慌之下似乎踢開了被子，白皙女孩的裸體閃耀美麗的光輝橫陳眼前。

「啊。」江口眺望那一幕。

似乎是把黝黑女孩搬走的車聲漸去漸遠。或許又是送去放置福良老人屍體的那個廉價溫泉旅館吧。

花凋

瀧子與蔦子並排睡在一頂蚊帳內，兩人在睡夢中連自己即將被殺都不知道。至少並不清醒。——所以，如今距離案發已過了五年，判處無期徒刑的加害者山邊三郎也於前年死在獄中，與其說我陷入某種荒謬的虛無感，毋寧感到某種肉體的誘惑。就連替她倆撿骨也是，雖然火化她倆的肉體時，也聽見了火葬場的爐子通電起火的轟然巨響，但她倆的青春芳華，依然無法從我心頭消逝。只要一不留神，迄今我還是會忍不住想要抓住眼前的幻影。

當時，由於犯案動機太單純，法官要求鑑定被告的精神狀態，結果判定山邊三郎精神異常。此外，也判定加害人起初拿短刀刺傷瀧子胸部後，接下來的行為都是在意識混沌中進行。不過，法官最後做出無期徒刑的判決，似乎並未參考這個精神鑑定的結果酌情減刑。事實上，無論是根據鑑定報告或偵查結果，三郎都沒有特別稱得上精神異常之處。殺人動機幾近兒戲。

三郎對犯行坦承不諱，也拒絕陪審。所以公審開庭時沒有陪審官列席，但如果我以陪審官的身分出庭，或許會想說，

「以被告的精神狀態，看不出足以犯下殺人罪的病徵，我反而認為，若從

有別於刑法的另一種角度看來，比起許多犯下病態罪行卻被宣告無罪的殺人者，這位山邊三郎的罪還比較輕。」

瘋子的犯罪遠比正常人的犯罪更惡劣的想法，才是目光如炬。當時的我，這樣的心情很強烈。當然，如果要堅持瘋子與正常人只有一線之隔這種意見，最後就會歸結到不是瘋子亦非常人的結論。就類似說這世間一切，事事皆為必然，也事事純屬偶然。到頭來，如果必然與偶然不是一樣的，就無法解決這個問題。但是如果思考到那種地步，根本無法做出審判，因此山邊三郎就算被判處無期徒刑，我也不打算提出異議。法官的職責，想必也到此結束。

然而，或許小說家的職責，就是從那結束之處開始。

「自戀鬼。」

或許就因為這玩意，才讓我們的作品無法擁有強悍的素顏。我們文學中的飽含意味、自鳴得意，或許都只是感傷的遊戲。即便山邊三郎的案子也是，對於他的殺人動機，法官似乎也只認為是有點精神異常的偶然，但若是我寫的小說，要把他的心理狀態一味逼到無理由的殺人，想必也不是難事。不過，我試寫了一下，比起我正經八百的記述，三郎自己看似荒唐的供詞，或許不知要合理幾百倍。

就瀧子和蔦子的死亡本身看來，也是如此。她倆死得太輕易，我老婆忍不住嘆息，

「人真是脆弱啊。」「的確荒謬透了。」我也附和，

「虧我以前不時還在想，該選兩人之中的哪一個當情人。」

「你想必還一直在找機會，看哪天如果你生病或是對方生病了，就可以趁虛而入獻殷勤是吧。可惜，偏偏兩人平時都很健康。」

「不，但就我觀察，我總覺得那樣的身體八成有病，尤其是蔦子。」

「是文學這種病吧。不過，不管是文學少女還是替人做頭髮的助手，被殺的時候都一樣。」

「像那樣如果結婚了，身體難道不會出現各種毛病嗎？」

「那是因為你看過她倆遇害的慘狀，才會這麼覺得。哪像我，過去哪怕只有一點吧，好歹也算照顧過她倆，現在想想到底所為何來，簡直可笑極了。」

「仔細想想，我或許也很自戀吧。」
「對呀。你以前還說如果你死了，首先那兩人就會有麻煩，擔心得連白殺都不敢——真是太可笑了。」
「的確可笑。如果要另外包養女人，就不可能再認真替瀧了二人著想，所以怪可憐的。女人那邊也會覺得，男人有老婆是沒辦法，可是還帶著兩個這種拖油瓶，想必也不情願吧。可是話說回來，我也不可能和那兩人談戀愛——雖然有時覺得很吃虧，不過那其實是自以為是的欺騙自己吧。」
「老公，你好像突然變得蒼老了？」
「別說這種討厭的話。」
「想到那麼輕易被殺掉的人，自己卻小心翼翼捧在手心，你一定覺得很蠢吧？」
「簡直像做夢，對他人的存在抱著太大的敬意好像也不對。那或許是人類的僭越之舉。」
「反正不可能因此就突然奮發向上開始存錢吧。如果是你久病不癒，甚至住院，苦於不知上哪籌錢，就這麼死了，雖然同樣會很難過，至少會覺得還是得存點錢才行。」

「嗯。」我對妻子能夠把話繞一大圈，最後歸結到存錢上深感佩服，不過如果是長期照顧病人，就算最後還是死了，說不定反而能夠湧現相信明天的心情。

不過，五年後的今天回想起來，總覺得比起連續病危多日的那種看似合理的死法，過於玩笑的不合理死法——更能夠讓留在我心中的她倆栩栩如生。此處似乎也有難以形諸筆墨的生命奧祕。

然而，對於三郎的自白，身為作家的我當然無須如此恐懼。我之所以對他的自白心存敬意，並非出於我身為作家的懷疑與怯懦，我想應該是因為我對瀧子與蔦子的眷戀。他毫無理由殺害她倆，她倆也毫無理由被他殺害，所以或許我想把這樁命案，視為和他的人生毫無關聯，和他的生活毫無關係，換言之，只有這個行為兀自飄浮在空中，說穿了，就像無根無葉只有花朵的花，沒有物體只有光芒的光。這無疑是美化她倆的一個方法，但想必也是我對手刃二人的山邊三郎產生的嫉妒所致。之所以把他的自白看得比小說家的虛構故事還鄭重其事，許是因為摻雜我個人的惡意，不屑用文學來修飾他的殺人心理，抱著「活該」的想法，自己也不了解自己的行為心理吧。

就像我看到鑑定人的調查報告中提到，

「瀧子和蔦子是怎麼躺著的？」

「掛了蚊帳，我一扯掛勾就斷了，但他們沒有醒。我鑽進蚊帳，有沒有出聲我已經忘了，我跪坐在瀧子身上，像騎馬的姿勢，右手拿短刀，左手拍瀧子的肩膀把她搖醒，她睜眼看到我，吃驚地坐起來。那一瞬間我感到短刀的刀尖好像戳到她胸口。」

「瀧子睡覺沒有蓋被子嗎？」

「我想應該沒有。她仰臥著，身體是筆直伸長。身上大概只蓋了衣服吧。我搖醒她和她吃驚坐起，都是在電光石火的瞬間發生，自已也感到刀子的確戳中東西，我站起來一看，她按住胸口好像在喊痛，後來血噴出來，染紅了睡衣，我這才明白。當時我心想，完了！不過老實說之後的事我就不大有印象了。但我想應該也不是完全沒有意識，只是被人一說，就覺得好像是那樣，而且也無法堅持絕對不是那樣。我自己覺得是用手掐她脖子，可是聽警察的說法，是用什麼細繩子還是手巾、腰帶之類的纏在頸部，我不敢說自己絕對沒那樣做，可是也不確定是這樣做。據說後來我曾從二樓下來過，實際上，本來放在樓下的腰帶，我到現在都記得當時在樓下看過，但據說那條腰帶後來在二樓，我沒有下樓的話沒人會把腰帶拿上去，所以我想我應該是真的下樓過。」

「睡在瀧子旁邊的蔦子，是不是正好醒來看了一下？」

「我記得她醒來，想要挺起胸膛，好像朝我這邊看了一眼。」

「那你是怎麼勒死蔦子的？」

「現在想想，也不知到底有幾分是自己當時真的記得的情景，偵訊時有些事情反而是警察告訴我的，所以現在腦中有的，究竟是這二者之中的哪一個，我已經無法一一明確區別，不過在偵訊筆錄上，好像是說我把腰帶一端弄成圈，用一端勒住她，腳踩著那圈子，用力勒緊，但那個我也不大清楚。我只記得那條腰帶在樓下，我把鞋子拿去玄關口時，曾在那裡看過，起初上二樓時我沒有拿上去，所以從勒死瀧子到勒死蔦子的這段期間，我想我大概的確下過一次樓。」

「那麼，你是說你其實不太記得勒死蔦子時的事了？」

「畢竟，被警察告知『你是這樣做的吧，是那樣做的吧』之後，在預審及檢察官調查時，也屢次聽到同樣的說法，現在腦子已經有那種既定印象了，所以如果要照著那樣重述，叫我講多少遍都行，但是真相就算我想誠實一點也說不出來。我老早就有心理準備了，在警局，正如前面說的，我覺得自己的確做了，在預審和公審時也都全部承認了。反正不管怎樣，人肯定是我殺的，所以我沒資格說我不知道，無論是怎樣的判決我都打算接受，指控我做過的事，無論哪一樁我都不想堅持否認。況且第二次預審時天氣炎熱，經過漫長審訊後，我已經精疲力盡，氣憤地覺得怎樣都無所謂了，只想完全聽法官的，盡快結束這一切。」

「我再問你一次，你看到瀧子受傷正在吃驚時，蔦子醒來看到你，所以你怕她聲張，就堵住蔦子的嘴，綁住她的雙手把她扔到一旁，然後再勒死瀧子。

筆錄上是這麼寫的，沒錯吧？」

「在警局接受偵訊時，他們說從屍體的位置看來一定是那樣，所以我就那樣承認了，但我其實根本不知道。不過我也無法一口咬定不是那樣。」

「但你在鑑定人面前，如果沒有誠實回答自己記得的和不記得的事，就無法做鑑定。」

「老實說，當我回過神時，窗戶已經發亮，門外開始有人走動，我這才起床。看樣子，我好像就在兩人的屍體旁邊睡著了。」

之後三郎為了偽裝成強盜殺人，拿走錢包的錢，還撕破蔦子的泳裝和瀧子的褲子。

「預審紀錄裡提到的手錶呢？」

「警察問我為什麼沒有拿走手錶，可是我根本沒注意到那種東西，所以起先我回答不知道，結果警察罵我說謊，還說我是因為手錶沾了血所以才沒拿，我心想那大概是一支紅色的手錶吧，腦海浮現紅色手錶，所以就承認警察說的沒錯，可是移送預審之後，一次又一次被追問手錶的事，我覺得很煩，心想管他去死，所以就照之前說的供述，可是實際上，那時候，那支紅色手錶我究竟有沒有看到，現在我已經搞不清楚了。」

「你是幾點離開那房子的？」

「當時在下雨。已經天亮了。」

（這起殺人事件，我也以參考人的身分被傳喚，因此事後得以借閱訴訟紀錄，抄下了調查報告的某些段落），如果以上與鑑定人的問答屬實，不難推知山邊三郎在警局、檢方、預審及公審法庭的自白，換言之，關於殺人情景詳細明瞭的陳述，都是他創作的小說。而且從他再三對鑑定人告白的說詞看來，例如：

「現在想想，也不知到底有幾分是自己當時真的記得的情景，偵訊時有些事情反而是警察告訴我的，所以現在腦中有的，究竟是這二者之中的哪一個，我已經無法一一明確區別。」

「被警察告知『你是這樣做的吧，是那樣做的吧』之後，在預審及檢察官的調查時，也屢次聽到同樣的說法，現在腦子已經有那種既定印象了。」

可見三郎創作的小說顯然還有伏兵。警察和法官，也是這篇小說的作者。

至於真相，到頭來，山邊三郎自己也不知道。沒有目擊者。瀧子和蔦子都死了，死人不會說話。就算僥倖撿回一命，當時是在半夢半醒之間被殺傷，記憶只會比三郎更模糊。

如今三郎本人也死在獄中，剩下的只有訴訟紀錄。我從那些資料抄寫的部分是偵訊筆錄，所以我看了之後，自然也模仿問答的形式自省，

「你為何要抄寫這種東西？事到如今不會後悔嗎？要是立刻燒掉就沒事了。」

「當時，大概是因為我覺得這份紀錄是可信的。」

「可是現在，那只會妨礙你回想起瀧子和蔦子吧。」

「是啊。一看之下，異樣生動鮮明，很想反嗆一句，絲毫不了解人生的傢伙，寫什麼自以為是的日記。山邊三郎的自白簡直是少根筋。」

「不過，三郎倒沒有像個人生的寄生蟲那樣鑽牛角尖想不開。」

「那當然。瀧子胸部中刀的同時，也握住那把短刀，導致割到手指，『三郎，你別嚇唬人。都是因為你拿著刀子才害我割到手指。』她說著，只顧手指的傷口，尚未發現自己胸部中刀，而蔦子這時醒來，說：『三郎你別嚇唬人。我很睏，要睡覺。』」只是翻個身，又繼續睡著了，兩人都沒放聲尖叫，也沒抵抗，輕易就被殺死了。——三郎的這種自白，似乎呈現他對人生的眷戀，當然也是因為他對死刑已有心理準備。」

「應該是你對兩個女孩的眷戀，讓你這麼覺得吧。」

「他人的生活力，從已經消逝、失去的過去襲向現在的自己，會更加詭異。死人無法復活，是造化之妙。」

「可是，過去真的會消逝、失去嗎？」

「問題是，打從想出辦法以人工方式保存它的那一刻起，人類的不幸似乎就已開始了。」

「本來還期待收歸己有的女孩，突然被旁人半路冒出來輕易殺死，自然會有這種想法。山邊三郎的懲役，或許也是以人工方式保存他『殺人』這個過去的一種手段吧。如果不追究那項罪行，人大概會比較幸福。對你來說，原諒三郎想必會比憎恨他更輕鬆。因為那兩個女孩如果還活著，說不定已經成為你的女人了。」

「沒那回事。她倆已經死了。『如果還活著』這種說法，根本無法成立。一切都已成過去，我從來沒有那種當時如果這麼做應該就會怎樣的想法。」

「她倆被輕易殺死，你都不覺得有責任嗎？」

「你說什麼？我？」

「那不是你會喜歡的遇害方式嗎？」

「最近看了訴訟紀錄的摘要，我忽然在想，為什麼當初和這兩個女孩來往時我沒有寫日記。我在想，那段歲月究竟消失到哪去了。」

「如果你寫了，想必也只會妨礙你回想起瀧子和蔦子吧。就和訴訟紀錄一樣。」

「那倒也是。交由遺忘去解決，到頭來也就是最美的回憶。以後回憶起她倆，都必須透過那種遇害方式，這我實在受不了。居然用容易烙印記憶的命案來結束一生，真是討厭的丫頭。」

「那兩個女孩的信呢？」

「在啊。不過，我不相信寫出了她們真正的心裡想法。」

「你就算寫日記，也是滿紙謊言吧。而且這時候，八成也忘了自己寫過謊言。」

「山邊三郎的自白不也是一樣。命案現場的真相已經從這世上消失。就像女孩們的肉體，也不知到底消失到哪去了。不，就連當事人山邊三郎都搞不清楚，或許那種東西打從一開始就不存在這世上。鑑定人最後的結論是，他有輕度的精神疾病徵兆，身為人格異常者雖還不到喪失心神的地步，卻是在意識朦朧的狀態下殺人。說不定是在半夢半醒的世界做出的事。」

「小說家的感傷遊戲又開始了是吧。」

「就連被告，也在編造小說。被警察指控做了某某行為，就覺得真的是那樣，無法否定不是那樣，後來『腦海就有了既定印象』認定的確是那樣。這番話，在報告中大概是最真實的。」

「女孩如果還活著，就不見得了吧。說不定那也會變成謊言。」

「的確是。得知毫無被殺的理由後，法庭上等於已經不需要女孩的角色，法官只是在追查兇手的心理和行動。遇害者的心理完全不重要。因為死人無法逮捕下獄。兩個女孩等於是在山邊三郎和審問者合作完成的小說中任其擺布。」

「驗屍結果，據說兩人都還是處女。」

「所以，據此可以輕易斷定此案並非情殺，我也因此逃過檢調人員的異樣眼光，不過那和兩個女孩的死有什麼關係。總之女孩們……」

「睡得很熟是吧。」

於是我明知這時把偶然當成偶然來描寫，讓讀者產生必然的想法才是小說家應有的手腕，可我還是很想把必然塑造成引路人，是因為我是個無賴小說家嗎？遇害者的心理，如果無人知曉就任其消失，我只要針對她倆編織我的幻夢即可，反而更方便，可我就連「睡得很熟是吧」這句話都無法老實相信，是因為有那樣的差異所以終究連女人都無法真心去愛，是我自己的因果宿命？

如果給山邊三郎的殺人行為套上「心神耗弱」這個名詞，把其中應有的必然粉飾帶過，被殺的女孩那邊，就必須給睡眠一個好角色。

在此，我要思考事物時，會盡量先從遠離事物核心的外圍繞道，一邊散步，一邊拿標的物散發的隱約氣味做聯想遊戲，先從書房抽出所有的醫學和心理學書籍，開始閱讀睡眠到底是什麼，值得驚訝的是，那些似乎都是兩個女孩之死的解答。最後我甚至翻開《阿毘達磨俱舍論》[1]的〈隨眠品〉。但是被佛法的教義魅惑，遨遊至縹渺遙遠的彼方後，想到瀧子和蔦子的死究竟會變成怎樣，又無精打采地回到訴訟紀錄上。當初要是沒有抄寫這種東西，她倆要成為我遙遠夢想的無形同行者想必也輕而易舉。

她倆的葬禮當然是以佛教儀式舉行，若要在迎接她們死亡的睡眠和佛法的睡眠論之間架上必然之橋，凡夫俗子的我或許太沒資格？不，凡夫俗子山邊三郎與警察合作完成的小說，說不定在它與某種高遠思想之間，也架起了必然之橋。

首先根據警部的偵訊筆錄，犯人的自白如下：

「走上二樓後，電燈是熄滅的，但外面馬路的燈光有點亮，所以看得很清楚，蔦子小姐靠內側，瀧子小姐靠馬路這側，頭朝北方躺著。我走進房間，出聲說，『喂，起來！』可是二人都沒醒，於是我伸手扯斷靠馬路的南邊角落的蚊帳掛勾，但她們還是沒醒，我就鑽進蚊帳，站在二人中間，再次大喊『快起來』。但她們還是沒醒。於是，我彎腰跨坐在仰臥的瀧子小姐胸部，右手拿短刀，刀尖朝內，用左手搖醒她。瀧子原本伸直的膝蓋稍微打橫屈起的同時也爬了起來，可是她驚呼『啊呀』，因此我急忙蹲身想用樓下拿來的兩三條毛巾堵住她的嘴。結果，正巧瀧子也在同一時間起身，我右手拿的短刀就戳進她的乳房下方。我立刻驚覺拔出短刀，瀧子也爬起來規矩坐好，說道：『三郎，不可以嚇唬人。』按住胸部看似要合攏睡衣，可我定睛一看，瀧子起身時或許握著短刀，導致大拇指流血了。她沒管胸部的傷口反而說手指的傷口很痛。那時我掀起瀧子的睡衣前襟查看，瀧子也任我擺布沒有抵抗，可是一看傷口，開了一

1《阿毘達磨俱舍論》，學習佛法的必讀之書，為印度世親菩薩所著，是佛法知識的寶庫。

道長達一寸兩三分的口子，我心想這下子麻煩了，戳中了心臟，恐怕沒救了，就打算乾脆殺死她逃走算了。這時蔦子聽到這番動靜也醒了，她認出是我，說聲『三郎你別嚇唬人。我很睏，要睡覺』，就翻過身背對我，又繼續睡著了，可是我怕她萬一醒來大呼小叫就糟了，於是用我從樓下拿來的毛巾綁住她的嘴，用旁邊牆上掛的手巾蒙住她的眼，然後拿旁邊的繩子綑綁她的雙手，但蔦子知道這一切都是我做的，雖然被這樣對待還是很安心，沉默地繼續呼呼大睡。我綁完她之後，接著理所當然又回過頭來輪到瀧子，我用柔道的手法扭絞她身上睡衣的領口，她一直說『不要，不要，不要，不要』，後來就沒聲音了，因為手鬆開了，於是我用十指掐住她的脖子用力勒緊。瀧子當時坐著，我是從後方勒的。她的身體一軟，我想應該是沒呼吸了，就用身旁的繩子大概在她脖子繞了一圈，用力綁住，結果繩子斷了，我又從旁撿起腰帶之類的東西，再次在她脖子繞了一圈，用力綁住。那時瀧子和剛睡時相反，變成頭朝南方。我想繩結應該在脖子側邊。之後，我又去蔦子的枕邊，站了大約兩小時，俯視她的睡姿，她看起來睡得很熟，可是我覺得到了這個地步也沒別的辦法了，只好下樓拿了腰帶和麻繩又回到二樓，把剛才綁住蔦子雙手的繩子和麻繩一端綁在一起，用麻繩把她的雙腳也綁住，這是因為剛才殺死瀧子時她的雙腳一直掙扎扭動。然後用腰帶的一端打結弄個圈，我的右腳伸進圓圈踩住，把腰帶中央在蔦子的脖子繞上一圈，手抓著另一端，一邊向後仰身一邊手腳用力，就這樣勒死她。即使我這麼做，蔦子也完全沒有出聲。然後就沒氣了，我就把那條腰帶綁在她脖子上。蔦子死時，我驀然回神，才發現她枕在我膝上，我想把她往另一頭推，結果不知怎的，綁在腳上的麻繩就斷了。」

無論對檢方、預審，乃至公審法庭，山邊三郎關於犯案經過，做出的陳述都和以上的警部偵訊筆錄人同小異，不過這種場合的「小異」對我來說，象徵的意義並不小，所以我想在此稍微提出那個差異，首先，蚊帳掛勾斷掉，無論在檢方的訊問筆錄或預審紀錄、公審，他都是說：

「所以，我想裝成強盜嚇唬瀧子和蔦子，把衣服和帽子都脫掉，拿現場的手巾蒙著臉只露出眼睛，在腦後打結，舉起我帶來的短刀，走上二樓一看，入口的紙拉門半開，於是我就走進去看，只見二人在蚊帳裡頭朝北方似乎正呼呼大睡，我就拔出短刀，把刀刃中央咬在嘴裡，左手抓住角落的掛勾，一邊搖晃蚊帳讓蚊帳腳碰到她們的臉一邊說『起來』。她們還沒醒來，那個掛勾就斷了，我就用右手握著本來咬在嘴裡的短刀，鑽進蚊帳。」

由此觀之，並不像他起初對警部，之後對精神鑑定人回答的那樣，只是用手去扯斷。

刺傷瀧子胸口時的情景也是，在仰臥的她身上到底是「屈膝騎在身上」（鑑定人），還是「彎腰跨坐」（警部），抑或是「跨坐著屈膝碰到地板」（檢方、預審及公審），總之三郎想必是採取那個姿勢，將右手的短刀刺進瀧子的胸部，左手搭在她的肩膀，把她搖醒，但是三郎跨坐的，是瀧子的胸部上，還是肚子上，亦或是腰上，這點已經無法確定，他只有在回答警部時提過一次「彎腰跨坐在胸部的位置」，提到了那個位置，但那似乎也只是隨口說的，恐怕不大靠得住，因為這個位置雖然和命案的發生有重大關係，但是對於那個關係的陳述，也有曖昧不明之處。

「我跨坐在仰臥的瀧子身上，右手拿短刀，一邊的膝蓋屈起碰到地板，左手抓著瀧子的右肩搖晃她，那時短刀的刀尖距離瀧子的胸口只有兩三寸，可是瀧子突然用左手拍開我的左手，同時屈起自己的雙腳，結果她的腳踢到我的屁股，反作用力導致我向前撲，刀尖順勢戳進瀧子的胸口。」（預審及公審）

「我彎腰跨坐在仰臥的瀧子胸部的地方，右手拿短刀，刀尖向內，用左手搖醒她，瀧子原本伸直的膝蓋稍微打橫屈起的同時也爬了起來，然後她尖聲驚呼，我就蹲下想用樓下拿來的兩三條手巾堵住她的嘴。沒想到，瀧子正好也同時起身，我右手的短刀就戳進她的乳房下方了。」（警部）

「她雙腿伸直，仰面而臥。我一搖醒她，瀧子立刻吃驚地爬起來時，我自己也感到戳中東西，於是也猛然站起來定睛一看，她按住胸口說很痛，後來血噴出來，染紅了衣服，我這才明白。」（鑑定人）

被告絕對沒有為了脫罪試圖隱瞞。也沒有企圖捏造事實來掩飾自己的罪行。

「法醫的鑑定報告寫著，瀧子胸部的刀傷是在被勒頸陷入昏迷後，尚未死亡時發生的，換言之，勒頸在前刀傷在後應是妥當的判斷。根據這個說法，被告應是先勒瀧子的脖子，之後才拿短刀刺傷她的胸部。」

「絕無此事。正如我之前也說過多次，我用短刀刺傷瀧子的胸部後驚慌失措，我以為這下子瀧子絕對沒救了不如乾脆殺死她，所以才勒她的脖子。胸部的刀傷是在勒頸之前。不管醫生的鑑定報告怎麼寫，我絕對不是先勒瀧子的脖子再刺傷她的胸部。如果照醫生的說法，蔦子的胸部應該也有同樣的刀傷。不管怎樣我的確殺死了瀧子和蔦子，所以我已有接受任何判決的心理準備，您問的事情，事到如今我做夢也沒想過要撒什麼謊。一切都是按照事實誠實地供述，只不過瀧子的胸部意外造成嚴重刀傷……」

「犯案後，承辦人員去現場勘驗，看到瀧子和蔦子的屍體時，蔦子的雙手手腕被毛巾緊緊綁住，而且還用麻繩和棉紗做的細腰繩打了死結。另外用兩條毛巾從蔦子的上方綁住嘴巴。再加上脖子還被洗白的細繩和女用單層腰帶用力勒住在兩端打結。另一位死者瀧子的脖子則是被腰帶勒住後，再用薄棉布腰帶用力扭絞，被告人應該就是這樣殺死二人的。」

「當時的事，我心慌意亂之下腦子很糊塗，很多地方都記得不太清楚了，不過法官大人既然去現場看過屍體，肯定如法官大人所說，是我殺死二人。」

可是，山邊三郎的「按照事實誠實供述」，從他與預審法官的這段問答便可看出，同時，也如同三郎本人對精神鑑定人告白的，想必有很多地方都是任由對方決定的「事實」。驗屍和現場勘驗、證物、偵查推定，想必也都推波助瀾促使三郎說謊。他的陳述每次多少都有點差異，那個差異，或許反映出幾名訊問者的心態差異。而且雖說是三郎的口供筆錄，簡而言之只是寫下那個意思的紀錄，三郎話語背後的心情動態及表情大部分已佚失，或許只不過類似劇本大綱。更何況像我這樣，試圖從中尋找瀧子和蔦子的身影，就等於是從字典的扉頁之間企圖觸及女人的鼾聲，恐怕只是虛無幻夢。與其拘泥於陳述的「小異」不知如何取捨，不如對「預審終結判決書」大膽的簡略致敬，

「其偽裝強盜，變裝蒙面，於當日凌晨兩點左右，侵入瀧子及蔦子寢室所在的二樓六帖房間，拔出所攜短刀，呼喚熟睡中的二人，但二人並未立刻醒來，遂跨坐在仰臥的瀧子身上，持短刀對準其胸部，又抓其肩膀將之搖醒，當事人在驚愕之下屈起雙腿，膝蓋碰觸被告人的臀部，導致被告人的身體向前撲

倒，令短刀深深刺入瀧子的左胸，意外造成重傷，被告人見其傷口大為驚慌，認為瀧子最後難免一死，為了預防引起騷動，當下決定殺死瀧子逃走，立刻用現場找到的腰繩及棉布腰帶纏繞頸部扭絞，令其窒息，以此勒死當事人，另一方面蔦子也在此時醒來，雖察覺被告人的侵入，但尚未感知兇行，且因為是熟人，也沒有多加防備就再次陷入沉睡，被告人擔心蔦子將此事聲張，進而決意連同蔦子一併殺害後逃走，在犯意持續下經過兩小時後，下樓取來女用單層腰帶，同樣纏繞在蔦子頸部勒緊，使其窒息，以此勒殺，隨後逃走。」

這份判決書，同樣有令我狐疑之處。「為了預防引起騷動」這句，大概是說瀧子會嚷嚷起來，所以「立刻」勒殺，但是胸部都被短刀刺傷了，根本不可能「引起騷動」。尤其是提到蔦子「就此再次陷入沉睡」，想必是因為相信被告的哄勸，但蔦子居然能夠再次睡著，實在令我有點悚然。

「瀧子知道闖入者是被告嗎？」

「知道。她說『三郎，割到手了』。」

「在她認出被告之前，是否有些許叫喊的跡象？」

「她沒有叫喊。」

「勒住脖子時，瀧子沒有抵抗嗎？」

「沒有。」

「當時蔦子呢？」

「我怕蔦子看到瀧子受傷會驚慌失措，所以把蔦子綁起來了。」

「蔦子什麼也沒說，就讓你綁住手腳？」

「她什麼也沒說。」

「真的嗎？被告也是默默綁住她？」

「是默默綁的。」

「然後還綁住她的嘴？」

「是的。」

「接著又蒙住眼睛？」

「是的。」

「這樣蔦子還是沒有抵抗？」

「是的。」

山邊三郎就是這樣在公審法庭上回答，而且根據之前的陳述，瀧子胸部的傷口超過一寸，都已經噴血了，居然還能爬起來端正坐好，把手放到胸前想合攏睡衣說，

「三郎，不可以嚇唬人喔。都是因為你拿刀子害我割到手指了。」而且只顧著手指的傷口沒注意胸部，三郎掀開她睡衣的前襟時，她也任其擺布。

至於蔦子，更是說著「三郎你別嚇唬人。我很睏，要睡覺」，只翻了個身，無論是被綁，被塞住嘴巴，被勒死，都沒有出聲，就這樣依偎著三郎，枕著他的膝蓋死去。

雙方並無感情糾紛。也沒有敦親睦鄰的親密關係。這樣的男人三更半夜「偽裝強盜，蒙面變裝」闖入只有女人居住的閨房，女孩們不僅沒有流露戒備，甚至直到被殺斷氣都毫無憎恨他的樣子。都已經被他那樣對待了，她倆仍未想到會被殺。女孩們以為只是開個小玩笑。這種親愛未免太寬大無邊了吧。

然而，我第一次閱讀訴訟紀錄時，心裡就在想：「滿口謊言！」當然不可

能沒看穿殺人兇手的信口開河，我暗忖，

「死者的遺容絕對不可能那麼安詳。」

瀧子與蔦子被殺，是在八月一日凌晨兩點至四點之間。蔬果店的伙計看她們早上一直沒起來覺得奇怪，這才發現命案。而山邊三郎被抓，是八月四日。我趕到現場時，尚未發現加害者是誰。我立刻被帶往轄區分局，受到相當嚴厲的訊問，但我甚至無法想像她倆究竟是為何被殺。

她倆和附近鄰居似乎沒什麼來往，鄰居只知她倆從女校畢業後正在學習什麼專業，但是似乎無人知道那個專業是文學。因此，關於她倆的身分和家世背景，誰也無法比警察的戶口調查說出更詳細的內容。這時房東來了，想起我是保證人，又跑回家去看我寫在合約上的住址，這才派人去我家找我。不巧由於天氣炎熱，我的工作毫無進展，我和妻子為了七月最後一天入帳的些許微薄金錢是該拿去付房租，還是作為遲到的中元節禮物給瀧子與蔦子買夏季和服，直到半夜還在吵架（二人正好就是那個時間遇害的）。一號早上我就出門去百貨公司看夏裝了，所以等我趕到瀧子二人的住處時，已經過了午後兩點。

門口仍有巡警站崗，負責驅趕看熱鬧的人群。我撥開人群走近，就聽到某人說，「啊，那男的——這個人是……」

我反射性地感到難為情，很想迅速穿過，但這時心底忽然浮現「沒有比謊言更可怕的東西」這句話，頓時兩腿發軟，只覺得非常非常窩囊。自己簡直丟臉透頂。

不過，如今仔細想想，那種場合，人當然會亢奮。不可能忽然感到肉體上的衰弱。就像我，被問到「你是誰」時，我不假思索就昂然回答，

「我是監護人。」

「監護人？」警察退後一步，茫然重複我說的話，讓我進屋。

本來直呼「那男的」也立刻改口說「這個人」，顯然對我不含惡意。意思並非說我是涉及這起命案的男人。而是說見過我經常來這戶人家。後來儘管我被帶去轄區分局受到相當粗暴的訊問，但簡而言之是作為參考人，並不是被當成殺人嫌犯對待，我去瀧子二人的住處時，偵辦人員也很高興，甚至有什麼事還會客氣地找我商量。我有什麼理由還沒進門就腿軟呢？至少當場並沒有那個

理由。

不過，我又是基於什麼理由，那樣迅雷不及掩耳地替她們處理後事呢？我催促警方盡快准許我火葬。從火葬場一回來，就立刻把二人的遺物一股腦賣給舊貨商。而且當天之內就把房子退租，拿著骨灰回我家。一進屋，我立刻把外套和襪子脫下隨手一扔，說道，

「是啊，這麼一來，哪個是誰的骨灰都分不清了。本來截然不同的人，死後也變得一模一樣。」

「不。」

瀧子的哥哥像聽到什麼大逆不道的話似的，慌忙撿起並排用洗白的棉布包裹的骨灰罈之一。

「瀧子是這個。不好意思，從頭到尾一直麻煩您。」說畢，他把骨灰罈放在膝上，像要探尋，又似乎有點警戒地看著我。我把蔦子的骨灰同樣抱到膝上說，

「那這個就是蔦子吧。」我如釋重負地笑著，同時這才頭一次察覺，我竟

完全忽視瀧子的哥哥和母親，一切都是我自作主張地安排後事。

事情告一段落後，站在瀧子母親和哥哥的立場想想，一個來歷不明的可疑男人，居然大搖大擺以主人自居，逕自將女兒火化，賣掉女兒的遺物。而他們卻只能旁觀。不過，我老早就收到瀧子家裡的來信，說要把女兒的一切全權委託我。此外，瀧子等於是靠我養活，沒有按月寄生活費來的瀧子母親應該也很清楚。就這點而言，自然不敢反駁我。我大概也覺得，不管我怎麼處理瀧子和蔦子，事到如今他們都沒資格插嘴，但我把瀧子看得比蔦子更像自家人的癖性，是她以前在我家待了不到一年時養成的。

如果沒有蔦子這個人出現，瀧子大概不會搬離我家。為蔦子租的房子，我希望瀧子也一起住。可是，就算我讓瀧子住我家，卻叫蔦子住外面，也絕不是因為我把瀧子看得比蔦子更重要。正好相反。簡而言之，其實是我怕蔦子寄人籬下會有損她純潔的生活力。我也害怕朝夕相處會沖淡我對蔦子的夢想。蔦子就是這樣的女孩。因此，瀧子是因為蔦子才搬家遇害，多少也可說是被蔦子害的。但是如果賣弄那種空虛的牢騷，對蔦子才真的是無妄之災，山邊三郎在並排睡覺的兩個女孩之中，不也是先跨坐在瀧子身上嗎？

正如「預審終結判決書」所寫的，「被告人擔心蔦子聲張遭人發現，決心將其也一併殺害後逃走」，蔦子分明是受到瀧子的連累。三郎的短刀戳進瀧子的胸膛，只不過是出於偶然，但若要在這起偶然的殺人命案中尋求必然，首先必須舉出的，無疑就是山邊三郎這樣的男人認識了她倆。而且，讓他萌生玩笑開過頭的惡作劇念頭，那是瀧子的個性所致。

瀧子活潑開朗，是個愛開玩笑的女人。她的玩笑其實很拙劣，如果從紙拉門外聽見，八成會奇怪，那麼無聊的冷笑話對方怎麼笑得出來，但是坐在她對面的男人們，多半在無意識中比手畫腳或是不斷變換姿勢，所以我覺得她是個有魅力的女人。在她找上我之前，似乎也給兩三位作家看過她寫的小說，但是沒有任何作家說她在文學方面前途有望，這也難怪，因為那看起來就不像是認真閱讀過近代文學的人寫的，只是隨興的塗鴉。別說是小說作者的素質了，她看起來連小說讀者的素質都付之闕如。就像天真無邪誤入文學世界的迷路孩童，與其說她可憐，其實有點可愛。

可是某天，我在嚴重睡眠不足時見到她，瀧子表面上依然如故，但我察覺她在寬慰我。我粗魯地大放厥詞。她搖晃搖椅，但是隨著我說話越來越粗暴，她的搖晃方式也變得粗暴，令我感到異樣的母性。

「這把椅子，一直在嚷著女流作家、女流作家喔。」

「女流作家？——沒有任何女作家。」

「您是說大人物之中吧？」

「不管是不是大人物，總之那種人一個也沒有，沒有女作家這種東西。只有作家。」

「的確是這樣。」

「才怪。妳也是，如果想成為女流作家，就該放棄文學那種東西，趕快嫁人算了。文學那種東西，還是等妳的人生遇到更多坎坷之後再開始比較好喔。比起被文學欺騙，被男人欺騙更像個女流作家。現在的妳就是標準的女流作家。的確是女作家沒錯。但妳如果寫出可以印刷出版的小說，就不再是女作家了。妳只是模仿男作家。妳會失去女人的身分喔。不是女人，變成不像樣的女人。文學之中，根本沒有女人可做的事。」類似這樣的話，我就像淘氣的頑童抱著好玩的心態滔滔不絕，但瀧子走後，我看她的小說，發現剛才說的話也不全然是胡說八道，的確說出了我對她作品的印象。或許是我連續熬夜執筆超過一星期，終於完成一件工作，身心都很脆弱，精神也很放鬆所致，總之瀧子的作品令我無端落淚。「女人真好。」我後知後覺地心存感激，幾乎失神。

瀧子的四篇小說都像是她的生活日記，她對於文中出現的父母手足、朋友、戀人的那種無條件、無限制的愛情，徹底感動了我。當然，這種女性的愛情，在古今中外無數作品中，早已被描寫得更美麗、深奧、高尚，但她和那些文學的確不同。此外，現實生活中如果真的有這種愛情，想必也有點不堪正視。就文學的角度而言，都不算是小說或文章，若是平時想必不值得正視，可我湊巧正處於疲憊的無防備狀態，所以才讓我感到對方赤裸裸的溫暖吧。

明明不睏還努力要睡著，我覺得太浪費，索性一鼓作氣跳起來，立刻給瀧子寫快信。字體比平時大上兩倍。之後我泡澡，出門吃中國菜，這次真的睏了，一回到家，瀧子看了快信已經跑來了。我累得連舌頭都有點不聽使喚，直接丟出任性的結論。

「壞文學有時是以優美的感情創作的——但我剛才把妳給我的四篇小說一口氣都看完了，全部都不是文學。忘我地愛上某人，被對方徹底踐踏，一再重蹈覆轍，還是幸福地愛著，這只是妳在宣傳自己就是那種女人的廣告文案，無論哪一篇。就像是讓男人得寸進尺的情書。」

雖然我的語氣是毫不客氣的斥責，但她抖動渾圓的肩膀笑了，看著我的臉面紅耳赤似乎想回話。

「這種小說對女性的一切都不好。會讓男人覺得女人遭遇怎樣悲慘的下場都沒關係。妳別再寫什麼小說了。把妳的優點好好收起來留給妳的情人或丈夫吧。不要四處打廣告。」我說著，當時還沒察覺，但是事實上，對於瀧子主動寫文章公開女人的可貴，我之所以覺得有點危險，有點可惜，或許是因為早早就已萌生男人的嫉妒。

兇案現場勘驗時的照片，似乎是為了看清瀧子的刀傷特意放大的，我獲准見到她的胸部特寫照片，不知是相機還是光線的關係，拍出來的畫面很奇怪，我到現在還記得那種異樣的寫實感。例如，頭髮拍得幾乎根根分明，可是寬闊的胸部連乳房隆起都看不出來，是模糊的白色平面，偏偏又能看見腋下的皺紋。眉毛和鼻孔清晰鮮明，閉著的眼睛和微微張開的嘴唇卻像夢境一樣朦朧。臉部線條是端正的側臉。胸部因仰臥而擴張，肥腴的肩膀幾乎和又短又粗的脖子成直角地豐滿鋪展，乳頭和乳暈就未婚女子而言過於成熟肥大。脖子大幅度後仰，髮髻沒解開，但耳後至領口的頭髮被甩亂，幾可清楚看見髮際線，似乎濕淋淋的。大概是為了展示傷口，血跡已被擦淨。薄墨似的乳暈下方是傷口，黑漆漆的可以想見戳得有多深。

我蹙眉把臉撇開雖是因為這傷痕慘不忍睹，但那只不過是偽善，如今想想，或許其實是為了掩飾對她那可悲生命的驚嘆。看起來毫無恐懼與痛苦的陰影，就像是恣意在身體綻放的歡喜至極。

「絕非那種安詳的遺容」，這就是我不知不覺從那鮮血淋漓、慘不忍睹的現場接收到的印象。年紀輕輕不知羞恥的死狀，令人不忍直視，我之所以匆匆將她倆火化，多少也是因為想掩藏這種羞恥，總之，一滴血也不剩的屍體不可能像那張照片那樣洋溢甜美的青春。相機究竟是從屍體的何處捕捉到如此旺盛的生命，實在不可思議。或許沒有感情的機器，更能用神的眼光看待事物？照片中的瀧子將猥瑣的動物性暴露無遺，幾乎令人想說活該，但她活著時我從沒在她身上見過這種女人的真面目。雖然遭人那樣殺害，變成慘不忍睹的屍體，但她透過相機，抓住機會肆無忌憚地展現年輕的生命力。這是可怕的偶然嗎？

這個偶然，這股生命力，在訴訟紀錄中完全看不到。一旦判定不是情殺，這些東西就再也沒有浮現在加害者和法官的腦海。這也不是精神鑑定醫生該關注的事情。身為小說家的我，縱使要別具意味地玩弄那難以捕捉的東西，恐怕也比不上一臺相機，所以我努力不偏離犯人的供述，不過仔細想想，瀧子的裸胸照片呈現的東西，在我第一次看她的小說時好像也出現過。

或許我就是被那個刺激，才會滔滔不絕對她做出不算批評的任性批評。但她或許把我這番話解釋成半帶奚落的忠告，以為我在勸她與其寫什麼小說不如趁早嫁人，因此她宣稱不惜任何代價都要堅持到底，還問我有什麼學習的好方法。

「無論如何妳都想寫小說嗎？只要能成為作家，任何犧牲也在所不惜？」

「是的。」

「那妳成為某個小說家的情人就行了。」

瀧子聽了當然很驚訝，但我認為，如果沒有戀愛那種奇蹟式的同化力相助，她的頭腦根本不可能變得文學性。不管看多少書、寫多少文章，如果沒有從根本脫胎換骨，就不可能管用。況且，她那種彷彿大自然生生不息的美好人格，或許是作家的卓越資質，但簡而言之也只停留在作品的素材。如果她自己來寫，不過是粗糙的塗鴉罷了。

「假使妳有只要能留下生命和文學一切在所不惜的覺悟，區區戀愛應該不算什麼。」

換言之，我自認是在嚴厲地給她當頭棒喝，告訴她既然毫無才華就該改弦易轍，沒想到這番話似乎直接打動了她的心。

「不要誤入歧途來我這種地方，妳應該去找更熱衷對文學慷慨陳詞的人。」

瀧子的父母都已同意她來東京學習文學了，我當然沒理由再三勸阻。況且她是女人，就算失敗了還有結婚這條退路。此外，儘管作家是一種侵蝕人心的工作，瀧子這樣的女人想必也無須擔心因為文學而減弱生活力。

相較之下，蔦子的生活力只有純潔，也因此看似利刃一樣容易毀損。在她身旁時，我總會不禁有點痛苦，有點感傷。彷彿對她做了什麼壞事，那種澄澈的悔恨，從來不曾從我腦海消失。我老婆把蔦子當成妹妹一樣溺愛，我看了對老婆佩服得五體投地，我想男人八成做不到這樣。在蔦子的眼中，或許看起來我更偏愛瀧子。在瀧子看來或許我更偏愛蔦子。或許兩人都相信自己被深愛。瀧子或許覺得被我隨便敷衍正感到氣惱，蔦子或許覺得不被接納正在鬧彆扭。這些想必都是真的吧。所以我要走進她倆遇害的屋子門口時，才會忽然浮現「沒有比謊言更可怕的東西」這句話，為此兩腿發軟吧。

「二人被這種彷彿半路衝出的隨機殺人狂殺死，真想看看你一臉惋惜的表情。」

「隨機殺人狂是什麼意思？」

「別裝得你很懂。她倆遇害，不是沒有任何人覺得你有責任嗎。沒什麼好驕傲的。」

「當時我老婆說，我好像突然變得很蒼老，但是如果不管她倆之死，單看我深愛她們生命這點的話——」

「少騙人了。仗著死人無法說話這一點，你終於可以寫出完全對自己有利的文章。你居然還在哀嘆隨著女人們的生命隕落，你的生活力也一起消失，女人如果還活著會笑死喔。」

「死了就是死了。」

「這樣清楚斷言的你，知道自己在說什麼嗎？」

「我還活著。」

「可喜可賀。因為你甚至可以想：如果早知會發生那種事應該先睡了那女人才對。你應該感謝殺人者山邊三郎。那和感謝神明讓她倆誕生人世是一樣的。」

「或許你說得對。因為有句話說，對無所不知的人而言無所不可。」

「你知道什麼？」

「我只知道無所不知也就等於一無所知。」

「別玩無聊的文字遊戲了。山邊三郎遠比你熱愛生命。那傢伙在接受偵訊時數次自白，當他在殺人之後逃走時，曾聽到附近的嬰兒哭聲。可是透過精神鑑定人的詢問，確定那是他捏造的。也不是幻聽。不是他覺得彷彿聽見嬰兒哭聲，而是他希望自己彷彿聽見，於是就忽然那樣說了。」

「自己雖然殺了兩個人，但在那一刻，或許某處也有新生命誕生。也許是那個念頭化為嬰兒的哭聲吧。若要這麼說，清晨送牛奶的車聲也一樣。我的小說也一樣。」

「活著，就代表什麼都可以說。」

「什麼都可以說！我才不是那麼大牌的作家。」

「你在這世間老是擺出無辜的蠢臉，就是因為這個嗎？沒有被隨機殺人狂附身算你走運。」

「我很懷疑有誰不算是隨機殺人狂，不過我不是山邊三郎那種人格異常者。」

「難怪，蔦子來拜託你時，你也戴著正經人的面具，太卑鄙了。」

蔦子是從四國的德島偷溜出來找我的。她自稱是離家出走。這個宛如水晶工藝品的女孩哪來如此莽撞的個性，令我深感不可思議，但總之我極力勸她回家。坐在一旁的瀧子突然笑出來，

「人家好不容易才跑出來。區區一兩個女人，就算不麻煩老師照顧，怎樣都好解決吧。您何不暫時留下她？」

我嚴肅的表情放鬆了。蔦子是京都人，據說父母雙亡後被德島的遠親收留，從當地的女校畢業。光是這麼聽說，就讓我覺得德島的那個家肯定糟糕得令人忍無可忍。蔦子就是有那種能力。不過，我還是給德島那邊寫信知會了一聲。對方並沒有回信。一個大姑娘離家出走，居然不聞不問，這也太不像話了。不過，責怪對方還在其次，我更心疼蔦子。我覺得她這樣的女孩不該受到這種待遇。甚至覺得這個錯誤彷彿是這世界全體的錯誤，於是我讓她和瀧子一起留在我家。

沒想到，連她死的時候德島都沒有人來領取骨灰。我寄信發電報都沒有被退回來，可見的確有人收信，但哪怕是個離家出走的遠親吧，讓外人處理後事卻連一聲招呼都不打未免令人費解。我越想越懷疑原因是出在蔦子身上，

「蔦子或許不是你以為的那種女人。對了，她從來都沒提過家鄉和自己的身世。」我老婆甚至這麼說。如今想想，我也覺得或許是她身上有太多謎團形成結晶，反而讓她成為純潔的女孩，而且到頭來，雖然只讓關於她的回憶變得感傷，但總之起初對於德島那邊毫無回音我無疑是很高興。

不過我很快就受不了和蔦子住在一個屋簷下。我總覺得她的生命力因為我而時時刻刻被削減。所以我才會讓她和瀧子搬去小房子住。瀧子天天來我家報到。蔦子多半也一起來。不過，瀧子是因為已經養成習慣沒事就上門，蔦子卻像是有什麼顧忌又無可奈何只好跟著瀧子來。不過那也情有可原，瀧子在我的日常生活已不可或缺。當時的我越來越討厭見人，不管見到誰都會立刻變成悶葫蘆，不知該把眼光往哪放，甚至肩膀僵硬，因此不知不覺養成讓瀧子在旁替我招呼客人的習慣。瀧子一旦離座，我就會立刻渾身不自在，客人也很尷尬。

她很會看我的臉色，當我覺得客人應該離開時，她就會突然消失。這時客人多半會手足無措地起身走人。這些事情全部都在我和瀧子未明言的默契中進行。外出時也一樣。她替我買車票，幫我點餐。我已經變成沒有瀧子就無法見人也無法出門。這如果是老婆或許會看似有點越俎代庖，但她不是，所以還留有一點柔軟的彈性。

我猜想山邊三郎的為人以及生命力，毋寧更像蔦子，不過並排躺著的兩個女孩之中，他選擇先跨坐在瀧子身上是理所當然，我似乎能理解那種心情。三郎曾是從瀧子她們住處附近開往我那一區的公車司機。八成是因此和每天搭車的她倆認識。當時他寄宿在從她的住處通往大馬路的拐角雜貨店。就只是這樣的男人，嚴格說來若要作為他的交往對象，她倆其實過於高雅了，但他據說不時會上門來玩，想必那也是瀧子個性中大剌剌的那一面造成的。不過關於三郎，瀧子和蔦子都沒有對我透露過隻言片語。想必是覺得那種男人不值一提，但是應該也是因為心裡有鬼吧。從三郎的供述隱約可以察覺，連蔦子都對此人放下戒心，似乎可以邋遢地暴露粗鄙的那一面，隨意與他嬉鬧。就連遇害時，她們睡覺的姿態，也絕非平時在我面前表現的那種端莊優雅。就連加害者都記不清她們是穿著衣服還是蓋著被子。三郎當然不像我這樣看到她們時都是穿著外出服的樣子，據說還調侃她們就像常去的小飯館裡的那些女人。

「被告人勒殺瀧子和蔦子，該不會是因為有感情糾紛之類不可告人的關係吧？」

「不可能，絕無此事。我和她倆無冤無仇，完全沒有理由非得犯下那種滔天大罪。」

「那你為何犯下那種滔天大罪？」

「我之前就和瀧子小姐及蔦子小姐熟識，純粹只是抱著開玩笑的心態想嚇唬她倆，所以才潛入屋內上二樓，拔出短刀叫醒睡著的二人。」諸如此類，三郎只做出簡單供述，犯案動機顯然也毫無理由，甚至需要鑑定被告的精神狀態，因此就訴訟紀錄所示，法官也沒有深入追究，況且進一步深入探索或捏造深層心理，已超出法律範圍，或許是小說家的虛擬故事，所以之前與其說是我的感傷遊戲，其實我一直努力從犯人的自白中發現真相，但那些自白正如前面也提過的，多多少少都是小說，如果說到頭來所有的話語也跟無期徒刑這個刑罰是一樣的遊戲，那麼為了給殺人者與被殺者無法挽回的生命施以生者的恩惠，我不禁想，在三郎和他們互相蔑視，互相輕賤的情況下，或許早已暗藏悲劇的必然性。

三郎的嬉鬧，或許是在傾訴無邊寂寞。或許他是企圖討好生，因此招來死。三郎躲在瀧子二人住處的玄關，等她倆從澡堂回來時，就大叫一聲嚇唬她們。這樣還不滿足，他又潛入屋內，跨坐在沉睡的女人身上，拿利刃嚇唬對方。只是嚇唬而已。這種心理層面的謎團如果套用在小孩的身上會更容易理解。事實上三郎的惡作劇完全跟小孩一樣。獨自躲在暗處埋伏等候，或者從背後突然撲過去，大叫一聲嚇唬對方時的兒童心態是怎樣的呢？那是自身的寂寞。是對愛的獻媚。

如果這樣推斷，三郎之所以先跨坐在瀧子身上，也已無法單純用他和瀧子較熟悉這個理由來解釋。

「然後，在我刺殺瀧子時，蔦子小姐也醒了，她認出是我，說聲『三郎你

別嚇唬人。我很睏，要睡覺』就翻身背對我，繼續睡覺。」（警部）

「蔦子醒了，想挺胸坐起，我記得她好像看了我一眼。」（鑑定人）

「我怕蔦子看到瀧子的傷會驚慌失措，所以先把蔦子的手腳綁起來。」

「蔦子什麼也沒說，就讓你捆綁手腳嗎？」

「她什麼也沒說。」

「真的嗎？被告也默默捆綁她？」

「是默默綑綁的。」（公審）

被告的供述之所以這樣每次略有不同，或許是因為看到瀧子流血，驚慌之下意識不清所致，但是躺在身旁的瀧子被殺，自己也被綁住手腳，塞住嘴巴，蒙住眼睛，遭到勒殺，蔦子居然一聲不吭，也沒抵抗，這是本案最奇怪的一點，就算是因為年輕女孩睡得沉吧，纖弱的她，肉體拼命散發的妖豔光芒也無比驚人，不過，

「我老早就已有覺悟，在警局也如之前所說，覺得的確是自己幹的，在預審和公審也都全部坦承不諱。不管怎樣，人肯定是我殺的沒錯，所以我沒資格

說不知情，也打算接受任何判決，所以我不想堅持否認警方說我做過的那些行為。」認命的他，對法官說過唯一一句算是發牢騷的話，就是在警局最初接受偵訊時，他說，

「為什麼不是蔦子小姐先醒來呢。」

的確，如果蔦子比瀧子先醒來，或許就不會發生這起殺人命案了。或許最後只不過是玩笑有點開過頭。三郎的牢騷很有道理。不過，他跨坐在瀧子身上，該不會其實就是想讓蔦子看見那副模樣吧？他雖在嚇唬瀧子，其實真正想嚇唬的是蔦子吧？蔦子如果先醒來，看到把短刀抵在瀧子胸口的三郎，不見得會失聲驚呼，或許嫣然一笑，狡猾地與三郎四目相對，兩人之間突然再也沒有隔閡。就算沒有幻想到那個地步，因為暗戀蔦子所以嚇唬瀧子，這不是戀愛常識的第一步嗎？這種妄想把我推落窩囊的自我厭惡。把瀧子視為日常必要的我，態度或也不過和這個一樣是對蔦子的愛意展現？給人挖的坑自己卻先掉進去，那是惡臭撲鼻的愚蠢。這樁犯罪之美，就在於除了動機的無意義之外絕對別無其他，可我明知如此，卻還是受到惡魔的誘惑忍不住耍猴戲？然而我之所

以打從一開始就想說，

「被告的精神狀態，看不出足以犯下殺人的病徵，因此我反而認為，如果就刑法以外的另一種角度看待，比起做出病態犯罪被宣告無罪的眾多殺人者，這個山邊三郎的罪毋寧較輕。」或許是因為從三郎在炎夏的深夜對熟睡的女孩舉刀相向的模樣，我同樣看見了人類的刻骨寂寞吧。

此外，事實上那天三郎也的確格外寂寞。他失業，而且已近似遊民。但他並未精神失常。也沒有喝得爛醉。

「智力測驗的成績結果極為優良。一般知識、計算能力、邏輯選擇、正文、填充、文章架構、定義方面的成績，全然達到標準分數。記憶力方面對自己的經歷完全無誤，銘記力測驗如附表所示，反義詞測驗也得到完全正常的分數，尤其是在無關的反義詞測驗方面甚至可以完全重現，不得不說極為優秀。

看不出他有記憶、銘記的障礙，因此足以證明沒有精神方面的原因令其記憶減退。

在聯想測驗方面，對於刺激字眼的反應也很迅速，聯想形式也多半為內在聯合，能夠在充分領會並判斷刺激字眼後做出反應，展現正常的聯合狀態。足以證明他並沒有觀念聯合異常導致的疾病。

根據布魯東抹消測驗[2]進行精神作業後，被告在五分鐘內作業達到二十八級，而且僅有一次漏失，展現優良的作業能力。

綜上所述，透過附表數字可看出被告的考察成績極為優良，看不出任何病徵，但另一方面，被告的精神生活一如過去實際情形所示並不完整，始終不穩定，經常變換職業工作都做不久，與養父也關係失和離家出走，由此看來，可見在綜合性精神運作方面必有某種欠缺。我們通常將這種精神病狀態的人稱為變態，也就是人格異常者。因此正如被告之前所示，診斷其為輕度變態，尤其

2 布魯東抹消測驗，法國心理學家班傑明．布魯東（Benjamin B. Bourdon）提出的測驗方法。通常用於診斷注意力不足過動症、憂鬱症、智能障礙，評量個人的工作能力及作業處理能力。

是有歇斯底里性格的人格異常者應是妥當。」

法醫學者的個人鑑定大抵是這種風格。當山邊三郎被鑑定人問到，所謂的「歇斯底里性格」，是否從兒時就有某種異常時，

「小時候就經常發生。大概在七、八歲至十一歲左右為止，眼中所見會突然放大或縮小，一個東西千變萬化，非常可怕，我記得我當時嚎啕大哭。」

「那是在什麼情況下發生的？」

「白天心不在焉地玩耍時，東西就會忽然變大或縮小。」

「除此之外還有什麼狀況嗎？」

「我好像在夏天的七月和八月特別奇怪。離家出走也是在八月，每到那個時候，我就會莫名地忐忑不安，不知是被什麼給逼得走投無路，還是自己心神不寧，每到深夜都這樣，啊，對了，尤其是在暴風雨時，會很想在戶外四處亂走，自己也無法徹底壓抑自己的心情。」

犯行也是發生在八月一日凌晨兩點至四點之間。前一天，山邊三郎也從早到深夜都在街上四處亂走，好像有目的地又好像沒有，最後抵達的就是瀧子二

人的住處。

當時，他已經不住在附近的雜貨店了。從訴訟紀錄簡單擷取三郎的過往人生看來，他是私生子。母親在丈夫死後當護士時生下三郎，始終不肯告訴任何人三郎的生父是誰，她在三郎七、八歲時因傷寒過世。三郎在戶籍上被申報為舅舅的親生子，有段時間送給別人收養，但三歲時又被接回家，主要是外婆撫養他。小時候像女孩一樣文靜乖巧，總是在角落玩玩具，可是又會突然快活地嬉鬧，前一刻還在玩耍，下一刻卻突然畏懼地哭出來。從職校退學後，也曾和養父發生衝突，不當一回事就離家出走。（關於家庭狀況和離家出走，和蔦子很像。）四處做學徒從事操作機械的工作後，取得汽車駕照。在公車處上班，住在瀧子二人附近時，似乎是他一生之中工作最正常的時候。被懷疑與女車掌有染，並且和同事發生爭執離職後，輾轉待過三、四家計程車行，但每家都待不久，最後進入汽車修理廠。卻也在七月中旬遭到開除。犯案當時住在外婆家，正在找工作。

所以，他在七月三十一日徘徊街頭似乎不足為奇，但就在那三天之前，養父突然來外婆家，由於外婆袒護等同已斷絕關係的三郎，導致二人爆發爭吵，養父叫三郎跟他回家，甚至想用力把三郎拖出去，因此隔天早上三郎聲稱要暫時去投靠在橫濱當產婆的阿姨避風頭，向外婆討了車錢，拎著裝有換洗衣物的藤編行李箱就此離家，但他不想去鄉下，在以前的友人住處過夜，三十一日當天拎著行李箱去了汽車修理廠，又去車站打算搭乘開往橫濱的省線電車，大白天就去看電影，還去明知對方在外工作的司機住處拜訪，而且似乎只是為了延長搭電車的時間，故意挑選住在遠處的友人，之後抱著借酒澆愁的打算去小酒館卻因女服務生態度惡劣又立刻離開，最後實在沒法子了，決定再回那家雜貨店的二樓落腳，至少先把行李箱寄放在那裡。可是這時算算時間已是深夜十二點，他應該很清楚雜貨店的人都睡了。三郎聲稱是因為雜貨店關門了才去瀧子二人的住處，但那或許是他自己也沒察覺的藉口。也許他心裡打從一開始就想去她倆的住處。或許他是故意用種種理由拖延到雜貨店已經就寢，她倆還沒睡的時間才抵達這一區。當然，他想必並沒有要賴在兩個年輕女孩的住處過夜，或者半夜上門聊天的想法，但是正如他的自白，既然來了就順便去打聲招呼，打聽一下雜貨店二樓是否已有新房客，說不定可以把行李寄放在那裡——想必只不過如此而已，但這個房子或許是藏在他心底的故鄉港口？他躲在玄關，嚇唬回來的二人，恐怕也只是為了掩飾毫無理由卻不請自來的尷尬吧。

我是否又這樣試圖從偶然中找出必然的伏兵？這一切說穿了，都是我以己度人，對山邊三郎的無端臆測？總之犯人並非無罪，判刑也不輕。他被判處無期徒刑死在獄中。不管是必然還是偶然，他都用生命贖罪了。且聽他是怎麼說的吧。

「被告人請詳述殺害那二人的前後經過。」

「當時，我試著拉門口的玻璃門，發現門還沒鎖是開著的，我就進去了，可是沒人在家，我猜瀧子和蔦子大概去澡堂了，於是坐在玄關的地板，昏昏沉沉地打瞌睡，這時我聽見門外傳來二人也不管是深夜照樣嘰嘰喳喳說話回來的聲音，當下打算嚇唬她們一下，蹲在角落剛躲好，二人就打開玻璃門走進脫鞋口要進玄關了，這時我大叫一聲跳出去，二人尖叫，光著腳衝到玻璃門外的石板地，但她們隨即認出是我這個熟人，看著我的臉開始笑，最後放聲大笑，又像原先那樣走進來，我當場和她倆愉快地笑談了二十分鐘左右，我們三人都笑得很開心。

『真的嚇我一跳，太過分了。』瀧子小姐說。『下次我可不會被嚇到了。』蔦子小姐也不甘心地打趣。已經過了深夜十二點半，我想把行李箱寄放在那裡，但那時我對瀧子和蔦子說，『妳們剛才驚訝的樣子好醜。』又是一陣笑聲後，瀧子說，『當時很驚訝，不過下次就嚇不了我了。』接著蔦子也說，『如果能再嚇我一次就算你厲害。』我聽了也沒放在心上就走出門，右轉打算回外婆家，來到小學正門的地方站在路邊小便，那瞬間，忽然心生一念想要立刻折返嚇唬瀧子和蔦子，於是我又回來試著拉玄關的玻璃門，結果門已經上鎖進不去，我無奈地打算回家，又朝小學的方向邁步，途中經過郵筒，忽然想到那裡有條巷子繞到她倆住處的後面，於是拐進右邊的橫巷，通往那後面的巷子口那扇鐵皮屋頂的門已經上鎖打不開，但是門旁右邊正好放了垃圾桶，我就穿著短靴踩著垃圾桶翻過便門，來到瀧子住處的屋後。我心想說不定後面的玻璃門沒有鎖，但我的心願落空，門不可能沒鎖，不過再仔細一看，那個玻璃門上方的透氣窗開著，所以我爬上廁所旁邊的垃圾桶，左腳踩在廁所的窗口，右腳攀到透氣窗上，手抓著透氣窗的橫木支撐，另一手貼著內側牆壁，我以為可以緩緩滑下去廚房，沒想到途中左腳一滑，咚的一聲重重跌落下方的木頭地板，我不好意思穿著髒鞋弄髒廚房，於是脫下右腳的鞋子拎在手裡，再脫下左腳的鞋子拎著，拉開紙門穿過樓下的房間，把鞋子放到玄關的脫鞋口。那時二樓和樓下都已熄燈，但路燈隱約照亮屋內，我想打扮成強盜的樣子，再嚇唬蔦子和瀧子一次，於是一邊偷笑，一邊把衣服和帽子都脫掉，用日本手巾蒙著臉只露出雙眼，拿起行李箱裡的短刀走上二樓，只見入口的紙門半開，我就直接走進去，看到二人呼呼大睡。」

這份檢察官的訊問筆錄非常詳細明瞭。根據精神鑑定人的意見，被告應是打算假裝強盜卻不慎失手刺中瀧子的胸口，

「後來血噴出來，染紅了睡衣，我這才明白。那時我心想，完了！老實說之後的事我就不太有印象了。但我想應該也不是完全失去意識，別人說是這樣，我就覺得是這樣，也無法強烈否定不是那樣。」正如三郎自己的這番告

白，他看到鮮血過於驚愕，受到強烈打擊，產生意識障礙，腦子糊塗了，直到聽到清晨送牛奶的車聲，意識這才恢復清醒。所以，到他潛入瀧子二人住處為止的陳述，比較少出現勒殺那段陳述時的「大同小異」的小異。順帶一提，他潛入時的服裝，是淺褐色三件頭西裝，外面套著登山服那種有繫帶的外套，頭戴淺褐色紳士帽，腳上穿著紅色皮鞋。

但是意識清醒的嚇唬人那段陳述，和意識混沌的殺人陳述，哪一個更吸引我呢？毋庸贅言，對小說家而言，殺人的陳述想必才是無限豐富的世界。三郎甚至怪異地在自己親手殺死的瀧子遺體旁睡了兩小時。可我從一開始就努力不被那樣的誘惑抓住。就常識看來，刺傷瀧子胸部後的三郎，已經不是三郎。是什麼在操縱喪失自我的他？若說那才是真正的他，這種看法毋寧過於真實，對於沒有上帝之眼的我們而言，反而有變成戴著真實面具的小丑演戲之虞。所以我的這篇小說，在殺人這部分的想法更貼近瀧子與蔦子，在嚇唬人的段落更貼近三郎。

即便是嚇唬人的陳述，似乎也散落許多解開三郎內心謎團的鑰匙。比方說，他說「打算回外婆家」，他為何會這樣打算？想必是因為心裡已得到滿足。寂寞畏怯地蹲在無人的房子玄關躲藏的他，大叫一聲跳出來時，不只伸展了僵硬的身體，也發洩了內心的鬱悶。那是意外的效果。他達成了最終抵達這間房子的隱密目的。如果沒有亢奮得快活吹著口哨離去，誰會再次跑回來！那種喜悅過了頭。所以惡作劇也過頭，終於殺死了才剛帶給他心靈慰藉的女孩。

在學校門口隨地小便，想必心情很暢快。就和心愛的女人終於讓他如願到手之後一樣吧。所以他才會被蔦子那句「如果你能再次嚇到我就算你厲害」慫恿，得意忘形地翻越便門，跨坐在女孩身上持刀相向。他很寂寞。如今想想，就連我，去拜訪女弟子這種關係不明確的女孩後，回程不也愉快得身輕如燕，屢屢莫名其妙地微笑嗎？那天三郎被他八月的莫名情緒逼得走投無路，找工作也找得筋疲力盡，甚至連晚上睡覺的地方都沒著落。他和兩個女孩一起笑，「笑」這個字眼，在他的陳述中不是格外用力地一再重複嗎？不是表達出女孩們是怎樣嘻笑打鬧嗎？他毅然接受無期徒刑的重刑拒絕陪審官列席時，在他的內心深處，或也曾這樣想起女孩們的笑聲，潛藏對她倆的感謝。被告的養父

（也就是生母的弟弟）只要一喝醉就性情大變，生母的妹妹有輕微的歇斯底里症，外婆曾經腦溢血中風，諸如此類，就算不去追究三郎人格異常的遺傳基因，我想我也能理解他去嚇唬人的心情。

「當時被告翻越便門沒有猶豫嗎？」被這樣訊問時，三郎回答，

「我覺得路上好像有人經過，但就算被看見我也不怕，也沒什麼好猶豫的，翻越便門就鑽進狹小走道。」

「為何想嚇唬她們二人？」

「沒有為什麼。大概只是當時一時興起吧。」

「那是怎樣的心情？」

「可能是想惡作劇的心情吧。」

法官沒有再繼續追問。此外，似乎推翻我自信滿滿的推測的，是三郎那句「我坐在玄關的地板，昏昏沉沉地打瞌睡」。他無論是在警方、檢方、預審、公審、精神鑑定的訊問時，都回答曾經打瞌睡。如此看來，三郎來到這房子，等候兩個女孩，第一次嚇唬二人，或許都沒有我想的那麼緊張刺激吧。別說是

心靈的故鄉港口了，恐怕只是將二人當成放肆嬉鬧的對象很瞧不起她倆吧。不過話說回來，蔦子過於清麗。瀧子過於豔麗。可是彼此都不把愛情當一回事，所以他們才能如此嬉戲胡鬧。再者，那天三郎四處遊蕩到深夜已經走累了，想必已經睏得一坐下就會立刻打瞌睡。

一旁不知是誰對我大喊「騙人」。打瞌睡只是三郎的一個謊言。是他的虛榮心讓他如此騙人。可是，我也為了自己的虛榮，在她倆的面前一直假裝打瞌睡，始終不敢下手，結果卻讓她倆被隨機殺人狂搶走，因此我不甘之下才如此猜疑？我停止迷惘，再次對「預審終結判決書」大膽的簡略佩服不已。

「被告山邊三郎之前就經常出入東京市〇〇區〇〇町六番地香河瀧子及鹿野蔦子住處，與二人熟識，昭和〇年八月一日凌晨零點過後隨意進入該戶等候，待瀧子及蔦子外出歸來，他大叫一聲嚇唬二人，與二人談笑片刻，二人聲稱下次就算再嚇唬人也不會驚訝，但他不以為意就此告辭，回程想起之前那句話，遂決定再嚇唬二人一次，於當天凌晨一點多再次折返瀧子二人的住處，當時二人已就寢，門窗緊閉，他只好繞到屋子的後巷翻越便門至屋後，繼而踩著廁所旁的垃圾桶，從廚房的玻璃門上方空隙處潛入屋內，之後偽裝強盜蒙面改裝云云。」

總之三郎之後意外殺死了瀧子，茫然待在屍體旁邊看了兩小時，下樓做了什麼之後，又勒死蔦子，逃離該處時，已經過了清晨五點。

「行兇當時沒聽見鄰家有人走下樓梯的腳步聲嗎？」

「我沒聽見那樣的腳步聲。不過，我殺死瀧子過了兩小時左右，聽見附近嬰兒的哭聲，接著是兩三戶之外的牛奶店有動靜，我怕或許有誰進來，下樓一看，後來好像又聽見牛奶店有男人和女人親熱的說話聲，鄰家的樓梯聲我不知道，但是牛奶店的聲音讓我覺得不能再磨蹭了，必須趕緊殺死蔦子，於是從樓下房間取來腰帶之類的東西，拿著放在樓梯中段的麻繩上二樓，勒死了蔦子。」第二次訊問時他是這麼回答的，但正如他對鑑定人的自白，嬰兒哭聲也是偽裝幻聽捏造出來的，一切都不可信。一如之前我也懷疑過的，是被告與檢警人員合作完成的小說。他在一點多潛入，兩點前刺傷瀧子，五分或十分鐘後勒死她，清晨四點左右殺死蔦子，五點左右離開，他在預審說的這些時間，基本上應該正確無誤。叫醒出租車司機搭車前往東京車站後，正好趕上五點半開往熱海的火車。

「我買了小田原的車票急忙上車。當時在下雨。」

「你為什麼去搭火車？」

「為了什麼，自己也不清楚。抵達小田原後我沒出車站，直接又搭下一班火車回來了。在品川下車，把行李箱寄存後，在市內到處閒逛，入夜後回到外婆家。那時看到晚報很驚訝，但不知怎的，還無法清楚意識到那是自己幹的，後來還經過現場附近，到四日那天被捕之前算是一直很坦然。」

那年，山邊三郎二十五歲，瀧子二十三歲，蔦子二十一歲，而我三十四歲。那是五年前。

「你不也挺坦然自若的？」

「我沒有殺人，也沒有被殺。不過，我不是以迅雷不及掩耳的速度匆匆給死者辦完後事了嗎？枉費瀧子的母親和哥哥特地來東京，我卻無視他們，也沒商量一聲就自作主張，好像讓他們太可憐了。」

「你在心虛什麼？是什麼在逼你？」

「沒有比謊言更可怕的東西。」

「死人無法復活，就是造化之妙嗎？蔦子家那邊通知了死訊，對方卻一封回信也沒有，事到如今，你好像覺得自己更偏愛蔦子。你比死去的三人更可悲。」

「他人的生活力，一旦從消逝、失去的過去襲向現在的自己，就會變得更加詭異。」

「可是，過去這種東西，真的會消逝、失去嗎？」

「問題是，打從人類學會用人工方式保存那個起，人類的不幸好像就開始了。」

「這種假問答，之前也聽你說過了。本來期待據為己有的女人，被半路冒出來的傢伙輕易殺死，你費了半天力氣，說什麼偶然又必然的，結果等於在演無聊的獨角戲。」

「這樣諷刺我，真以為我會陷入虛無感嗎？」

「你本來就只是在粉飾虛無的死亡吧。睡糊塗的女人那種死狀有哪一點美！」

「不管怎麼看待死人，不外乎是生者弔唁死者之道。那是生命的可貴。我甚至至今仍可從她倆感到某種肉體誘惑。」

「她們二人被輕易殺死，你不感到自責嗎？你想把這起殺人事件視為因為無意義而美麗，卻又給它加上各種自以為是的意義。你該知道這正是你其實不愛兩個女人的證據。這起命案，和三人的人生毫無關聯，與三人的生活毫無關係，換言之只有這一樁行為，兀自飄浮在空中，說穿了，那是無根無葉只有花朵的花，是沒有物體只有光芒的光，你似乎想這樣處理，但是稟賦拙劣的三流小說家，哪懂得對如此廣大無邊的可貴心存敬意。活該。」

「我是小說家這個無期徒刑的囚徒。或許也會像山邊三郎那樣，遲早殺死女人死在獄中。」

「讓對方相信那只是開玩笑，直到斷氣都沒想到會被殺，毫無抵抗地主動睡在你膝上，那種神佛似的殺人方法你未必做得到吧。那可是奇蹟。」

「怎麼，那不是我替三人創作的小說嗎？」

「對了，那是小說啊。」惡魔退散後，我反躬自省面紅耳赤。這篇文章有太多地方不敵訴訟紀錄和精神鑑定報告。我懷疑是否算是我一人的小說。然而，一如文中各處所述，那些紀錄說穿了也是犯人與法官乃至其他眾人創作的小說，因此只要把我也列在那些共同創作者之一我就心滿意足了。反正都只是人類作為。芬芳嬌豔的花朵也終將凋謝，抱著弔唁三人的微小心願，我草草寫成此篇。只盼瀧子與三郎的——尤其是蔦子不知究竟是否存在的——家屬及親友看到後，若能略感慰藉則已幸甚。

解說

三島由紀夫

〈睡美人〉（昭和三十五年一月至三十六年十一月發表於《新潮》）

——無異議奉這篇作品為傑作的人，除我之外，就我所知還有一人。那就是愛德華．賽登斯蒂克[1]。賽氏與我的文學觀堪稱南轅北轍，可是每次見面總會提到這篇作品，只要一談起這篇作品，本來還在吵架的我們就會立刻握手言和。

我可不是為了歌頌某些日本人仍殘留的崇洋思想才在此提及賽氏之名。但

1 愛德華．賽登斯蒂克（Edward George Seidensticker, 1921-2007），美國歷史學家，也是日本古典及當代文學的知名翻譯家。

我向來認為，外國人評價日本文學的謬誤程度，與日本人評價日本文學的謬誤程度其實半斤八兩，日本人對於自己犯下的種種文學偏見相當缺乏自覺，難免因此錯過眼前作品散發的芳香。此外，秉承《徒然草》以來偏愛殘缺美的愛好（事實上多少也基於同樣的殘缺美愛好，對川端氏的某類作品做出過高的評價），往往忽略形式上的完成美。

〈睡美人〉保有形式上的完成美，卻又散發類似過熟果實的腐臭芳香，是頹廢文學的傑作。這篇作品洋溢著以頹廢自許的大正文學望塵莫及的真正頹廢。我至今仍無法忘懷初次閱讀時的強烈印象。如果按照一般的小說技法，會運用對話與動作來動態性區分人物性格，這篇作品卻採用在作品本質上極為困難、極為諷刺的手法分別描寫六個女孩。六人都是沉睡著沒有說話，因此除了各種睡姿和夢話之外，只剩下肉體的描寫。那種執拗縝密、necrophilia（戀屍癖）式的肉體描寫，堪稱文字所能達到的觀念性淫蕩的極致。不過，作品整體之所以令人窒息，是因為性幻想總是摻雜厭惡，也因為生命的禮讚總是交織對生命的否定。在這裡，那種肉慾的閉塞狀態，被推進到堪稱人類知識極限的地步，性始終沒有被當作自由或解放的象徵。而且由於一個「睡美人」的猝死，繼而，旅館的女人又補上可怕的致命一擊，說出「不是還有另一個女孩嗎」這句話，封閉了這個絕對無藥可救的世界。但，事實上，在此不只是這個世界封閉，也暗示江口老人自己的死，朝著更廣闊、更社會化、更無處可逃的「死亡之舞（danse macabre）」開放。這篇作品，藉由不厭其煩地描寫那種極致的閉塞狀態，終於將讀者帶往無道德的虛無。我從未讀過如此反人性主義的作品。

開篇不久，旅館的中年女人「用左手」打開房間的門鎖時，腰帶背後的結上，那個詭異的怪鳥圖案，就已醞釀令人毛骨悚然的厭惡感。之後詳細描寫了沉睡的女孩指尖，我們已經成為這個「絲毫不知道自己的存在」的性對象賦予的某種安心感的俘虜。江口老人和女孩的關係，是男人性慾的觀念性極致，慾望的對象雖在眼前，卻迴避讓慾望對象有意識地面對自己，純粹只求實在與觀念的一致，由此找到陶醉，因此對方陷入沉睡是最理想的狀態，自己的存在不會讓對方發現，因此性慾僅止於單純的性慾，得以防止以相互感應為前提的「愛」滲透。梵蒂岡最厭惡的邪惡就在這裡。因為那是離「愛」最遙遠的性慾形式。

然而旅館的主人斷言：

「在這裡，沒有罪惡。」

睡美人的世界，是藉由無力感與罪惡隔絕——這麼想時，川端氏設想的「罪惡」究竟是怎樣，想必已朦朧浮現。那是活力太愛對象以致於毀滅對方的惡，是所有「人性化事物」的別名。和川端一樣厭世，卻被與川端反方向的世界魅惑的作家，光是舉出《卡門》的作者梅里美想必已足夠。

〈花凋〉（發表於昭和八年十一月《改造》，昭和八年十二月《文學界》，昭和九年五月《改造》）

——川端把這篇舊作和〈睡美人〉、〈片腕〉編入同一本書，無疑是因為從中發現一脈相通的特色。事實上，不只是因為〈花凋〉描寫兩個女人在睡著時毫不知情地遇害的殺人事件，在題材上有所類似，就小說家這個「無期徒刑囚徒」的職業，以及針對不可能與現實建立純粹美好的關係為主題這點，〈花凋〉也扮演了解說前兩篇的角色。

文中的「我」，試圖具體地深入剖析犯人心理，藉由那種想像力的「惡」，感受被排除於現實核心之外的自己。因為「我」沒有真正的憎恨，也沒有真正的悲傷。看到被殺的瀧子裸體的驗屍照片，會冒出以下感想的人，基本上真的能夠「愛」嗎？

「我蹙眉把臉撇開雖是因為這傷痕慘不忍睹，但那只不過是偽善，如今想想，或許其實是為了掩飾對她那可悲生命的驚嘆。」

對這具屍體使用的「生命」這個字眼，可以視為作者獨特的用法。換言之，生命，對作者而言，是活是死都無所謂，只不過是一個「對象」。生命這個字眼，在川端氏的文學絕對不會用來作為自己的行動原理。生命（哪怕是屍體也行），是作為存在本身，與精神對抗、屹立。

如今重讀〈花凋〉，依然是毫不落伍且縝密周詳的作品。不落伍，似乎是因為那種靜謐。川端氏究竟是從哪得到這種藝術上的寂靜呢？殺人犯三郎的寂寞，是因為「想討好生，卻招來死」，但作者在這個犯人心中看穿這種寂寞的心情，絕非「想討好生」。那是讓他走到〈睡美人〉和〈片腕〉，卻連一抹陶醉都沒嘗到的路程。

昭和四十二年十一月

睡美人

作　　者　川端康成
譯　　者　劉子倩
編　　輯　郭峰吾

總 編 輯　李映慧
執 行 長　陳旭華（steve@bookrep.com.tw）

出　　版　大牌出版 / 遠足文化事業股份有限公司
發　　行　遠足文化事業股份有限公司（讀書共和國出版集團）
地　　址　23141 新北市新店區民權路 108-2 號 9 樓
電　　話　+886-2-2218-1417
郵撥帳號　19504465 遠足文化事業股份有限公司

封面設計　Bianco Tsai
排　　版　新鑫電腦排版工作室
印　　製　成陽印刷股份有限公司
法律顧問　華洋法律事務所　蘇文生律師

定　　價　380 元
初　　版　2023 年 7 月

電子書 E-ISBN
978-626-7305-59-1（EPUB）
978-626-7305-58-4（PDF）

國家圖書館出版品預行編目資料

睡美人 / 川端康成 著 ; 劉子倩 譯 . -- 初版 . -- 新北市 : 大牌出版，
遠足文化發行 , 2023.07
200 面 ; 13.6×19.2 公分
譯自 : 眠れる美女

ISBN 978-626-7305-60-7（精裝）

861.57　　　　112010640